Nouvelles étranges et inquiétantes

BUZZATI

Nouvelles étranges et inquiétantes

Présentation, notes et dossier
par CLAIRE JOUBAIRE,
professeur de lettres

Flammarion

« L'Influence des astres », « Lettre ennuyeuse »,
« Alias rue Sésostris », « Chez le médecin », « Crescendo »
(reproduite dans le dossier de l'édition) ont paru
dans le recueil *Les Nuits difficiles* (*Le notti difficili*,
© Arnoldo Mondadori, 1971 ; traduction française :
© Robert Laffont, 1972).

« Quand descend l'ombre », « Escorte personnelle », « Le Monstre »
ont paru dans *Nouvelles oubliées* (publ. posth. ; © Dino Buzzati Estate,
tous droits réservés ; traduction française :
© Robert Laffont, 2009).

« Une lettre d'amour » a paru dans *Panique à la Scala*
(*Paura alla Scala*, © Dino Buzzati Estate,
publié en Italie par Arnoldo Mondadori, 1958 ;
traduction française : © Robert Laffont, 1989).

© Éditions Flammarion 2010.
Édition revue, 2014.
ISBN : 978-2-0813-1487-0
ISBN : 1269-8822

SOMMAIRE

Nouvelles étranges et inquiétantes

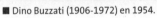
■ Dino Buzzati (1906-1972) en 1954.

PRÉSENTATION

Vie de Dino Buzzati

Une jeunesse protégée

Dino Buzzati naît le 16 octobre 1906, dans une famille catholique de Vénétie (nord-est de l'Italie) appartenant à la haute bourgeoisie. Fille de médecin, sa mère se consacre à l'éducation de ses quatre enfants ; son père, diplômé en droit international, est avocat et professeur d'université. Élevé dans ce milieu privilégié, le jeune Buzzati grandit entre Milan (à l'ouest de la Vénétie), où s'est installée sa famille, et San Pellegrino (à côté de Belluno et de Venise), qui l'a vu naître et où il passe toutes ses vacances d'été, dans la grande demeure familiale. Pourvue d'une vaste bibliothèque et d'un grenier mystérieux, la maison marque durablement l'esprit du garçon : intrigantes, ces pièces seront un motif récurrent de ses récits. De même, les fables et légendes issues du folklore germanique, que lui raconte sa nourrice allemande, et les paysages majestueux et inquiétants de San Pellegrino, cité bordée de montagnes et traversée par le fleuve Piave, stimulent son imagination et développent son goût pour le fantastique. Seule la mort prématurée de son père en 1920, alors que Buzzati n'a que quatorze ans, vient assombrir cette enfance protégée.

Le jeune Dino reçoit une éducation traditionnelle. Il affirme que, de toute sa scolarité, il n'a jamais ni désobéi ni triché, et qu'il a toujours consciencieusement appris ses leçons avant d'aller en classe. Studieux et ambitieux, Buzzati est aussi un élève doué, qui excelle dans la maîtrise de la langue italienne. Au cours de ses années de collège et de lycée, il devient un lecteur avide et passionné, développant des goûts très éclectiques. Ainsi, après s'être intéressé, très jeune, à l'histoire et à la mythologie égyptiennes, après avoir dévoré les récits merveilleux de J.M. Barrie, *Peter Pan*, et de Lewis Carroll, *Alice au pays des merveilles*, qu'il a découverts dans des éditions illustrées par Arthur Rackham, il s'enthousiasme pour les nouvelles fantastiques de Poe et de Hoffmann. Avec la même ardeur, il lit les œuvres de l'écrivain russe Dostoïevski et des romanciers de langue allemande Thomas Mann, Arthur Schnitzler et Stephan Zweig, ainsi que les écrits du philosophe français Pascal.

Pendant ces années d'adolescence, il s'essaie lui-même à l'écriture, d'abord dans le cadre scolaire – il se souvient ainsi d'avoir brillé à l'occasion d'une rédaction dont le sujet était : « Que feriez-vous si vous aviez un hippogriffe[1] ? » –, mais aussi dans la sphère privée, prolongeant le plaisir de l'écriture chez lui en rédigeant de longues missives à son meilleur ami qui partage ses goûts et ses passions et deviendra professeur de lettres.

En 1924, après avoir obtenu le diplôme sanctionnant ses études secondaires, il s'inscrit à l'université. D'abord tenté par des études littéraires, il y renonce et s'inscrit finalement en faculté de droit, avec l'ambition de devenir journaliste. En 1928, au retour de son service militaire, il postule au *Corriere della Sera*, grand quotidien italien auquel son père a collaboré comme consultant expert en droit international. Quelques mois plus tard, après avoir été reçu par le directeur de la rédaction, il

---

1. *Hippogriffe* : animal fabuleux, monstre ailé, moitié cheval moitié griffon.

est engagé. Toute sa vie il restera fidèle à ce journal, dans lequel il publiera certains de ses récits les plus réussis.

Une brillante carrière, entre journalisme et littérature

Âgé de seulement vingt-deux ans quand il entre au *Corriere della Sera*, Buzzati y occupe d'abord le poste de stagiaire à la rubrique «faits divers» avant d'être nommé reporter. Dans les premiers temps, son activité consiste à faire le tour des commissariats afin de réunir des informations qu'il consigne dans de grands carnets et qui nourrissent les récits des journalistes. Ensuite, après avoir été admis comme membre à part entière de la rédaction, il exerce des emplois très variés dans différents services : il est tour à tour collaborateur à la chronique «faits divers», rédacteur de la chronique musicale et chargé de la rubrique du courrier des lecteurs. Puis il part régulièrement en reportage à l'étranger, notamment en Palestine et en Afrique, avant de devenir correspondant de guerre. Dans les années 1950, il occupe des fonctions importantes au sein de la direction du journal et, à la fin des années 1960, il se lance dans l'écriture de chroniques dédiées à l'art contemporain. Cette expérience au sein du *Corriere della Sera* lui permet non seulement d'exercer sa plume, mais surtout de mettre en lumière ses talents littéraires. Le 15 mars 1930, il publie son premier *elzeviro*, un récit littéraire sous la forme d'un papier en deux colonnes. Très vite il se distingue dans l'art de mener des récits brefs ; la plupart sont publiés dans le journal avant d'être repris en recueils.

Parallèlement à son travail au sein de la rédaction du *Corriere della Sera*, Buzzati, dès le début des années 1930, entreprend une carrière de romancier. Tous les soirs, en rentrant du journal, il s'installe sur son lit ou sur son divan, la machine à écrire sur les genoux, et travaille à ses textes une bonne partie de la nuit, dormant quelques heures seulement et retrouvant le chemin du journal le lendemain matin. En 1933 et 1935, il publie ses deux premiers romans, *Bàrnabo des montagnes* et *Le Secret du Bosco Vecchio*. Mais c'est la publication, en 1940, du *Désert des Tartares*, qui lui apporte la consécration.

La reconnaissance internationale

Rapidement, ce roman remporte un grand succès, non seulement en Italie mais aussi dans le reste de l'Europe. Publié en France en 1949, où il est bien accueilli à la fois par la critique et par le public, il est adapté au cinéma en 1976 par le réalisateur Valerio Zurlini. Le film, qui reçoit plusieurs prix en Italie et en France, contribue à construire la renommée internationale de l'auteur.

Reconnu pour ses talents de romancier, Buzzati continue néanmoins à écrire des nouvelles. En 1942, il publie son premier recueil, *I sette messageri* (*Les Sept Messagers*), auquel appartient la nouvelle « Quand descend l'ombre » (reproduite dans le présent volume, p. 81), publiée trois ans plus tôt dans les colonnes du *Corriere della Sera*. Suivront *Paura alla Scala* (*Panique à la Scala*) en 1949, recueil où figurent les nouvelles « Le Monstre » et « Escorte personnelle » (ici p. 31 et 101), et *Il crollo della Baliverna* (*L'Écroulement de la Baliverna*) en 1954. La critique italienne salue la qualité de son travail et en 1958 lui attribue le prix littéraire le plus important de la péninsule – le prix Strega – pour son recueil *Sessanta racconti* (*Soixante Nouvelles*). En 1966, son recueil *Il colombre* (*Le K.*), qui compile des nouvelles publiées depuis 1960, remporte un succès international qui ne s'est jamais démenti depuis. Écrivain à succès, au talent mondialement reconnu,

Buzzati est régulièrement mentionné parmi les auteurs susceptibles d'obtenir le prix Nobel de littérature.

La dernière œuvre publiée par l'auteur de son vivant, en 1971, est un recueil de nouvelles intitulé *Le notti difficili* (*Les Nuits difficiles*). C'est dans cet ouvrage que figurent la plupart des nouvelles du présent recueil : « Une lettre ennuyeuse », « L'Influence des astres », « Alias rue Sésostris », « Chez le médecin » et « Une lettre d'amour ». Au moment de sa parution, Dino Buzzati se sait atteint d'un cancer du pancréas, dont il ne guérira pas. Il meurt le 28 janvier 1972.

Un artiste éclectique

Journaliste, romancier et nouvelliste, Dino Buzzati s'est également essayé au dessin et à la peinture. Dès les années 1930, il réalise une série d'illustrations pour son roman *Le Secret du Bosco Vecchio*, qui ne seront finalement pas publiées. Quinze ans plus tard, en 1945, il conçoit une œuvre originale, *La Fameuse Invasion des ours en Sicile*, un conte pour enfants qui mêle textes et dessins. Il travaille également à la composition de tableaux ; à partir de la fin des années 1950, plusieurs expositions sont consacrées à son œuvre picturale, notamment à Milan et à Paris. Continuant de s'intéresser au lien entre texte et image, il publie en 1969, *Poema a fumetti* (traduit en français d'abord sous le titre *Poèmes-bulles*, puis sous le titre *Orfi aux Enfers*), sorte de roman-bande dessinée où il adapte le mythe d'Orphée.

Parallèlement à la nouvelle et au roman, Dino Buzzati expérimente d'autres genres littéraires. Dès les années 1940, il écrit des pièces de théâtre, dont certaines sont des adaptations de ses récits brefs. Montées en Italie, elles sont aussi traduites et jouées en Europe. En 1955, l'adaptation pour la scène française, par l'écrivain Albert Camus, de la pièce *Un cas intéressant* rencontre un grand succès. Buzzati collabore à la transposition de certaines de ses nouvelles à l'opéra : ainsi, ses récits « C'était défendu » et « Ils n'attendaient rien d'autre » donnent naissance à des opéras originaux mis en scène à la Scala, célèbre opéra milanais, en 1963 et 1971. Passionné par un genre qui mêle littérature, musique et arts plastiques, Dino Buzzati participe à la création de plusieurs spectacles, écrivant les livrets mais aussi créant des maquettes pour les décors et dessinant des costumes.

Dans les années 1960, il élargit encore l'éventail de ses talents artistiques en publiant plusieurs recueils de poésie.

En 1965, son intérêt pour le cinéma le conduit à travailler avec le grand réalisateur italien Federico Fellini – dont il partage le goût pour l'ésotérisme – à l'écriture d'un scénario. Le film, qui devait raconter l'histoire d'un violoncelliste errant dans l'au-delà sans savoir qu'il est mort dans un accident d'avion, ne vit jamais le jour.

Ainsi, les nouvelles de Dino Buzzati prennent place dans une œuvre protéiforme. Mais, par-delà la multiplicité des moyens d'expression qu'il utilise, l'écrivain parvient à créer un univers très personnel qui emporte le lecteur ou le spectateur dans un monde étrange, et souvent inquiétant, où l'ordinaire côtoie l'inattendu, et où le réel se mêle au surréel.

Les nouvelles qui figurent dans ce recueil ont été rédigées sur une période de trente ans environ, entre la fin des années 1930 et le tout début des années 1970. Par la diversité de leurs formes et de leurs sujets, elles permettent au lecteur d'entrer dans un univers typiquement « buzzatien ».

L'art de la surprise
et de la variation

Bien qu'il n'ait pas de codes strictement établis, le genre de la nouvelle répond à un critère de brièveté. Cela se vérifie particulièrement dans l'œuvre de Buzzati : la plupart de ses nouvelles, publiées en tant qu'*elzeviro*, devaient tenir compte de la commande passée par le journal et formulée en terme de nombre de signes. Le premier défi du nouvelliste était donc de respecter un format imposé, toujours le même, tout en évitant la répétition, ennuyeuse pour le lecteur. En effet, très attaché à ne pas lasser ce dernier, Buzzati se réfère volontiers à cette formule, qu'il attribue à Voltaire : « Tous les genres sont admissibles en littérature, excepté le genre ennuyeux[1]. »

Aussi, pour éviter l'écueil de la monotonie, Buzzati choisit de privilégier les histoires surprenantes, qui fonctionnent souvent sur un ou plusieurs renversements de situation. Au cours du récit, le lecteur découvre brutalement qu'une femme, qui semblait mener une vie très ordinaire, a froidement assassiné son mari (« Une lettre ennuyeuse ») ; ou que les locataires d'une maison présentés comme très respectables vivent en réalité tous sous une fausse identité (« Alias rue Sésostris »). Dans chacun de ces textes, la révélation fonctionne comme un véritable coup de théâtre.

Buzzati veille aussi à varier la forme même de ses nouvelles : lettre écrite à la première personne du singulier (« Une lettre ennuyeuse ») ; récit conduit par un narrateur étranger à l'histoire, qui observe les personnages de l'extérieur et dont le lecteur ne sait rien (« Une lettre d'amour », « Le Monstre », « Quand

---

1. Voir dossier, p. 119.

descend l'ombre ») ; narration prise en charge par un des personnages de l'histoire, s'exprimant à la première personne (« Escorte personnelle »), que le lecteur peut confondre avec l'auteur lui-même : le narrateur de « L'Influence des astres », comme Buzzati, habite Milan, peint, et est attiré par le paranormal et l'ésotérisme.

Enfin, l'écrivain sait jouer du temps de la narration. Pour la nouvelle, le critère de brièveté varie d'une œuvre à l'autre (le genre a produit des textes de quelques lignes seulement aussi bien que des récits de plusieurs dizaines de pages qui, par leur longueur, se rapprochent du roman) ; en revanche, sa traduction sur le plan esthétique est beaucoup plus stable. Elle impose que tous les aspects du récit concourent à son unité narrative (et suppose donc une économie de moyens) : la nouvelle isole et éclaire un ou plusieurs moments dans la vie des personnages (peu nombreux) qu'elle met en scène. Ce resserrement de l'action crée ce que Baudelaire nomme l'« intensité de l'effet ». La nouvelle exerce une emprise fascinante sur le lecteur, qui, pendant le temps intégral et continu de la lecture, demeure sous la coupe de l'écrivain. S'emparant de cette faculté du récit bref, Buzzati module ses effets, choisissant, selon ses visées, de représenter aussi bien quelques heures de la vie d'un personnage (« L'Influence des astres »), que quelques jours (« Le Monstre ») ou une grande partie de sa vie (« Escorte personnelle »).

Buzzati diversifie les registres : il se montre capable d'instiller chez le lecteur un sentiment d'inquiétude et de peur, et, à l'occasion, sait manier l'humour noir (« Lettre ennuyeuse ») et la satire (« Alias rue Sésostris »).

Du fantastique
à l'apologue

En dépit de leur grande diversité, une caractéristique commune rapproche nombre de récits de Buzzati : leur appartenance au genre fantastique. Ses nouvelles se situent souvent dans un monde où se côtoient le réel et le merveilleux, sans qu'il soit toujours possible pour le lecteur de choisir entre une interprétation rationnelle et une interprétation surnaturelle des événements racontés. Ghitta Freilaber, l'héroïne de la nouvelle « Le Monstre », a-t-elle pris un simple sac contenant du matériel de pêche pour une créature maléfique, ou, au contraire, est-elle victime d'un complot qui cherche à dissimuler l'existence d'un monstre dans la maison de ses maîtres ? La prédiction de l'horoscope que lit le narrateur de « L'Influence des astres » s'est-elle réalisée ou tous les événements survenus sont-ils le fruit de l'imagination d'un homme trop naïf ? L'efficacité de ces récits fantastiques repose en grande partie sur la subtilité avec laquelle Dino Buzzati introduit un élément perturbateur au sein d'un univers réaliste, qui lui-même contribue à donner à l'extraordinaire un air de vérité. Pour parvenir à cet effet de vraisemblance, le nouvelliste s'appuie sur son expérience de journaliste : « J'essaie aussi d'écrire mes histoires fantastiques comme s'il s'agissait de faits réels, de chroniques de faits divers. Plus le sujet est fantastique, et même invraisemblable, plus on a besoin d'un langage simple, presque bureaucratique, un style de rapport de police. Seule cette langue concrète peut rendre plausibles ces histoires qui en elles-mêmes peuvent sembler absurdes[1]. »

---

1. *Album Buzzati*, Milan, Arnoldo Mondadori, 2006, p. 266.

Ainsi, dans chacune des nouvelles, le lecteur découvre un univers d'autant plus inquiétant qu'il lui est familier. Par ce biais, Buzzati signale au lecteur l'étrangeté du monde dans lequel il évolue. L'écrivain ne cherche pas uniquement à distraire le lecteur en frappant son imagination ; il tente de lui faire percevoir des aspects du monde qu'il ignorait jusque-là. En ce sens, le genre fantastique rejoint celui de l'apologue, récit symbolique dans lequel se superpose, au sens littéral et apparent, un sens implicite plus profond. Buzzati lui-même souligne la parenté de ses récits avec la fable : « Avec cette transposition d'histoires dans une atmosphère fantastique, [...] je pense qu'on peut rendre beaucoup plus forts et évidents certains drames de l'homme. [...] parfois j'ai eu l'illusion d'avoir réussi à le faire, en synthétisant [un ensemble de drames] en une espèce de fable [...]. Au fond, les fabulistes faisaient la même chose [...]. Les grands problèmes de l'homme, réduits en douze vers. Et si au contraire ils n'avaient pas adopté la forme de la fable, ils auraient probablement eu besoin de pages et de pages, non[1] ? »

Le lecteur attentif saura profiter du double plaisir que procure la lecture des nouvelles étranges et inquiétantes de Dino Buzzati : un plaisir de l'imagination, qui le conduit à se laisser guider par un conteur habile dans un univers plein de surprises, et un plaisir de l'interprétation, qui le pousse à relever les indices lui permettant d'accéder aux différents niveaux de sens du récit.

---

1. *Ibid.*

CHRONOLOGIE

1906 1972
1906 1972

- Repères historiques et culturels
- Vie et œuvre de l'auteur

Repères historiques et culturels

1907	Picasso, *Les Demoiselles d'Avignon*.
1909	Marinetti, *Manifeste technique de la littérature futuriste*.
1912-1913	Instauration en Italie du suffrage universel. Début des progrès industriels mais la pauvreté pousse des millions d'Italiens à l'exil vers les États-Unis et l'Amérique du Sud.
1914	Début de la Première Guerre mondiale, qui oppose les Empires centraux (Allemagne et Autriche-Hongrie) et leurs alliés à l'Entente franco-britannique et ses alliés. L'Italie reste neutre jusqu'en mai 1915, où elle entre en guerre aux côtés de la France et de la Grande-Bretagne. Création par Mussolini du journal *Il Popolo d'Italia*.
1915	Kafka, *La Métamorphose*.
1916	Freud, *Introduction à la psychanalyse*.
1917	Entrée en guerre des États-Unis contre les Empires centraux. En Russie, révolutions de février et d'octobre.
1918	Fin de la Première Guerre mondiale. Première exposition de Miró à Barcelone.
1919	Pirandello, *Le Jeu des rôles*.
1921	Expansion du mouvement fasciste en Italie. Pirandello, *Six Personnages en quête d'auteur*.
1922	Marche sur Rome. Mussolini obtient de Victor-Emmanuel III de prendre la tête du gouvernement. Joyce, *Ulysse*. Murnau, *Nosferatu le vampire*.
1923	À Munich, putsch manqué de Hitler pour s'emparer de la Bavière. Svevo, *La Conscience de Zeno*.
1924	Mort de Lénine. Mann, *La Montagne magique*. Breton, *Manifeste du surréalisme*.
1925	Kafka, *Le Procès*.
1928	Brecht, *L'Opéra de quat'sous*. Ravel, *Boléro*.

Vie et œuvre de l'auteur

1906 Naissance de Dino Buzzati à San Pellegrino, en Vénétie (nord-est de l'Italie) dans une famille catholique de la haute bourgeoisie.
Il grandit entre Milan, où s'installe sa famille, et San Pellegrino, où il passe toutes ses vacances d'été dans la grande demeure familiale.

1920 Mort du père de Dino Buzzati.

1924 Diplôme d'études secondaires puis inscription à l'université.

1928 De retour du service militaire, Buzzati est engagé au *Corriere della Sera*.

Repères historiques et culturels

1929 En Italie, accords de Latran entre le pape Pie XI et Mussolini, qui garantissent au pape la souveraineté sur la cité du Vatican.
Hemingway, *L'Adieu aux armes*.
Moravia, *Les Indifférents*.

1930 Breton, *Second Manifeste du surréalisme*.
Desnos, *Corps et Biens*.

1932 Huxley, *Le Meilleur des mondes*.
Céline, *Voyage au bout de la nuit*.

1933 En Allemagne, Hitler devient chancelier le 30 janvier.

1936-1939 Guerre civile d'Espagne.

1938 L'Allemagne annexe l'Autriche.
Sartre, *La Nausée*.

1939 L'Allemagne envahit la Pologne. La Grande-Bretagne et la France déclarent la guerre à l'Allemagne : début de la Seconde Guerre mondiale.

1940 Signature du pacte tripartite par lequel le Japon reconnaît la prédominance de l'Allemagne et de l'Italie en Europe et ces deux pays celle du Japon en Asie.
En juin, l'Italie déclare la guerre à la France et au Royaume-Uni.

1941 Attaque sur Pearl Harbor. Les États-Unis entrent en guerre contre le Japon et, de ce fait, contre l'Allemagne et l'Italie.

1942 Camus, *L'Étranger*.

1943 Les Alliés débarquent en Sicile puis pénètrent dans le sud de l'Italie. Mussolini est renversé.

1945 Bombardements atomiques sur Hiroshima et Nagasaki.
Fin de la Seconde Guerre mondiale.

Vie et œuvre de l'auteur

1930   Publication dans le *Corriere della Sera* du premier *elzeviro* de Buzzati, récit littéraire sous la forme d'un papier en deux colonnes. La plupart de ses textes brefs seront publiés dans le journal avant de paraître en recueils.

1933   Publication de *Bàrnabo delle montagne* (*Bàrnabo des montagnes*, roman).

1935   Publication de *Il segreto del Bosco Vecchio* (*Le Secret du Bosco Vecchio*, roman).

1940   Publication en Italie de *Il deserto dei Tartari* (*Le Désert des Tartares*), roman qui apporte la consécration à son auteur. Adaptation de certains de ses récits en pièces de théâtre, jouées en Italie et en Europe.

1942   Publication en Italie de son premier recueil de nouvelles, *I sette messageri* (*Les Sept Messagers*), auquel appartient le récit «Quand descend l'ombre».

1945   Publication de *La Famosa invasione degli orsi in Sicilia* (*La Fameuse Invasion des ours en Sicile*), un conte pour enfants qui mêle textes et dessins.

Repères historiques et culturels

1946   En Italie, un référendum met fin à la royauté. La République italienne est proclamée.
Cocteau, *La Belle et la Bête*.

1947   Camus, *La Peste*.
Primo Levi, *Si c'est un homme*.

1948   Création de l'État d'Israël.

1949   Borges, *L'Aleph*.

1950   Le nouveau roman : Nathalie Sarraute, Michel Butor, Alain Robbe-Grillet, Marguerite Duras.

1953   Mort de Joseph Staline.

1954-1962   Guerre d'Algérie.

1956   Camus, *La Chute*.

1959   Calvino, *Le Chevalier inexistant*.

1962   Crise de Cuba.
Ionesco, *Le roi se meurt*.

1963   Assassinat de John Fitzgerald Kennedy.

1964-1975   Guerre du Viêtnam.

1964   Sartre, *Les Mots*.

Vie et œuvre de l'auteur

1949 En Italie, publication de son deuxième recueil de nouvelles, *Paura alla Scala* (*Panique à la Scala*), dans lequel figurent les nouvelles « Le Monstre » et « Escorte personnelle ».
En France, publication du *Désert des Tartares*, qui rencontre un grand succès auprès de la critique et du public. Dès lors, presque toute l'œuvre narrative de Dino Buzzati est traduite en français.

1950 Expositions consacrées à l'œuvre picturale de Buzzati à Milan et à Paris.

1954 En Italie, publication du recueil de nouvelles *Il crollo della Baliverna* (*L'Écroulement de la Baliverna*).

1955 Sa pièce *Un cas intéressant* est adaptée en France par Albert Camus.

1958 La critique lui attribue le prix littéraire le plus important de la péninsule italienne : le prix Strega pour son recueil *Sessanta racconti* (*Soixante Nouvelles*).

1960 Il se lance dans l'écriture de chroniques dédiées à l'art contemporain.
Publication de plusieurs recueils de poésie.

1963 Adaptation de son récit « C'était défendu » en opéra, mis en scène à la Scala.
Publication de son roman *Un amore* (*Un amour*).

Repères historiques et culturels

1968   Printemps de Prague, en Tchécoslovaquie.
Mouvements de révolte estudiantine et ouvrière en France
(Mai 68).
Yourcenar, *L'Œuvre au noir*.

1975   Perec, *W ou le Souvenir d'enfance*.

Vie et œuvre de l'auteur

1965   Attiré par le cinéma, il travaille à l'élaboration d'un scénario avec le grand réalisateur italien Federico Fellini.
Publication d'un recueil de poèmes, *Il capitano Pic ed altre poesie* (*Le Capitaine Pic et autres poésies*).

1966   Publication de son recueil *Il colombre* (*Le K.*), qui remporte un succès international.

1971   Publication de son recueil *Le notti difficili* (*Les Nuits difficiles*), dans lequel figurent «Lettre ennuyeuse», «L'Influence des astres», «Alias rue Sésostris», «Chez le médecin» et «Une lettre d'amour».
Adaptation de son récit «Ils n'attendaient rien d'autre» à la Scala.

1972   Le 28 janvier, mort de Buzzati, atteint d'un cancer du pancréas.

1976   Adaptation au cinéma du *Désert des Tartares* par le réalisateur Valerio Zurlini.

SILENZIOSO DRAMMA ALLA DOGANA DI MILANO

Il canguro ucciso dal regolamento

Dopo due giorni di attesa - perché il riposo festivo impediva le pratiche di sdoganamento - è stata aperta la cassa proveniente dall'Olanda; ma nel frattempo la povera bestia era morta

Uno dei canguri custoditi nello « zoo » di Nuova York.

Ma è il caso di far tragedie?

La città era inconsapevole

Dino Buzzati

LO STRANO ROMANZO DI MISS HANN

Conosco il princi

■ Page du quotidien italien *Il Corriere della Sera* daté du 19 juillet 1956 ; elle contient un article de Buzzati : «Le kangourou tué par le règlement» (un kangourou est retrouvé mort dans une caisse fermée restée à la douane pendant les jours fériés).

Nouvelles étranges
et inquiétantes

Le Monstre

Au fond d'un sombre cagibi dans le grenier où les bonnes des habitants avaient l'habitude de jeter les objets hors d'usage et trop volumineux pour subir le sort réservé habituellement aux détritus, par un bel après-midi de juin, une certaine Ghitta
5 Freilaber, domestique et préceptrice[1] auprès de la famille Goggi, alors qu'elle était montée au grenier pour s'y délester d'un paquet de vieux journaux qui encombrait sa chambre, découvrit un monstre horrible. C'était un corps oblong[2], ressemblant à un gourdin, apparemment sans membre, qui se
10 trouvait comme blotti verticalement dans un coin ; fait d'une chair – mais pouvait-on vraiment parler de chair ? – noirâtre et violette, molle et compacte à la fois, palpitante, ressemblant à certaines tumeurs : au sommet se trouvait comme une protubérance difforme avec des trous qui pouvaient être des
15 yeux, ou des bouches, ou rien du tout. Si bien que Mlle Freilaber, à cause de la pénombre, n'avait tout d'abord pas compris de quoi il s'agissait et s'était approchée pour mieux voir. Dès

---

1. *Préceptrice* : personne chargée de l'éducation, de l'instruction d'un enfant qui ne fréquente pas l'école.
2. *Oblong* : allongé.

qu'elle eut touché la chose et senti se retirer sous ses doigts
cette chair tiède et visqueuse (sans arriver à s'en faire une idée
20 exacte, sans quoi elle serait sans doute morte sur le coup, mais
parce qu'elle aurait pensé avoir affaire à un crapaud ou à une
salamandre[1]), elle poussa un cri et tomba évanouie. Cependant, courageuse comme elle l'était, dès qu'elle fut revenue à
elle, au lieu de se laisser envahir par la peur, elle réussit à se
25 relever, ferma avec le verrou extérieur la porte du cagibi (mais
non sans avoir jeté au tout dernier moment un coup d'œil
fugitif, à peine une fraction de seconde, à sa découverte qui
cette fois-ci lui apparut, malgré sa précipitation, telle qu'elle
était vraiment, ce qui l'emplit de terreur); puis elle rajusta
30 sa robe, l'époussetant un peu, et descendit l'escalier, en se
demandant si ce qu'elle avait vu était bien réel.

Comme chez les Goggi, à cette heure-ci, il n'y avait
personne à part la femme de chambre avec qui elle avait peu
d'affinités, Ghitta descendit à la loge de la concierge et ce
35 n'est qu'à ce moment que la terreur prit le dessus. Haletante,
elle saisit la concierge aux épaules, en balbutiant : «Mon
Dieu, là-haut, au grenier là-haut au grenier…» Elle ne put en
dire plus. La concierge, en la voyant dans un état pareil, la
fit asseoir sur un petit divan et, comme elle supposait qu'il
40 s'était passé quelque événement nécessitant son intervention,
elle débrancha le fer avec lequel elle était en train de repasser,
s'assit à côté de Mlle Freilaber et, en lui tapotant les mains
pour lui donner du courage, elle lui demanda : «Allez, allez,
mais qu'est-ce qu'il s'est passé?»
45 À la fin Ghitta, après avoir poussé un long soupir, réussit à
donner quelque explication : «Au grenier, dans le cagibi… il y
a une bête… dit-elle. Un monstre, vous dis-je… un monstre…»
et elle éclata en sanglots irrépressibles.

---

1. *Salamandre* : petit amphibien noir taché de jaune.

Mais pendant ce temps-là un chauffeur vint demander
qu'on lui ouvrît la porte cochère car il devait livrer de la
marchandise. La concierge, faisant un geste d'excuse, laissa
Mlle Freilaber seule. Ce brusque rappel à la réalité la plus
triviale de la vie apporta cependant un certain soulagement
à la préceptrice ; la première peur passée, celle-ci commençait à se demander si elle n'avait pas mal vu. Il suffisait du
reste de raisonner. Ghitta se demanda, bien qu'elle en fût peu
convaincue, quelle bête cela pouvait être. Un reptile aussi
énorme que difforme ? Mais dans un grenier ? Et sans qu'on
en ait jamais vu de semblable dans tout l'univers ? Ou alors
c'était un secret ? (cette idée l'effleura également) un secret
connu seulement d'un groupe restreint de scientifiques qui,
génération après génération, le cachaient pour ne pas heurter
la sensibilité de la population ? Ou encore c'était elle, pauvre
ignorante, qui ne connaissait pas toutes les possibilités de la
faune en matière d'abominations ?

La concierge, d'un naturel joyeux, s'en revint : « Oh, ma
pauvre petite demoiselle. Vous avez vu un monstre au grenier ?
Ce devait être un rat, que voulez-vous que ce soit d'autre ?

– Il est toujours là. Il ne bouge pas », dit Mlle Freilaber. Il
y avait dans la condescendance[1] que la concierge montrait
envers elle un peu de ce mépris qu'ont tendance à avoir les
femmes mariées pour les vieilles filles. Bien que Ghitta fût
encore jeune et fraîche, la concierge avait la vague impression
qu'elle s'était quelque peu desséchée dans sa virginité et que
son tempérament en était devenu un peu hystérique.

« Bon, on va aller voir ça dès que mon mari arrive, je ne
peux pas laisser la loge sans surveillance, on va aller voir.

– Oh ! moi, je n'y retourne pas, c'est sûr », fit Mlle Freilaber, parvenant à grand-peine à sourire.

---

1. *Condescendance* : supériorité bienveillante mêlée de mépris.

80 C'est ainsi que le mari de la concierge, Enrico, menuisier de son métier, monta plus tard au grenier, tout seul, muni d'une lampe électrique car entre-temps la nuit était tombée. Il était fermement convaincu que Mlle Freilaber avait eu des hallucinations. En effet, après avoir ouvert le cagibi, il fouilla
85 l'intérieur, et ne trouva rien de suspect. Dans le coin où la préceptrice avait vu le monstre, il y avait un sac de tissu caoutchouté, d'un brun sombre, contenant le vieux matériel de pêche d'un locataire qui s'était adonné à cet exercice quelques années auparavant mais qui était maintenant infirme. Il le
90 toucha, le secoua, il ne bougeait pas. À l'intérieur devaient se trouver une canne démontée qui le faisait tenir droit et probablement un filet, ou une couverture, ou quelque chose de ce genre qui le rembourrait. Loin d'être étonné de constater que le monstre n'existait pas, Enrico barricada la porte et
95 redescendit.

« Un sac, voilà ce que c'était, votre monstre », dit-il en riant à Mlle Freilaber, à peine eut-il passé le seuil de la loge. La demoiselle piqua un fard[1], tout en riant elle aussi : « Un sac ?

– Un sac de tissu caoutchouté. Avec du matériel de pêche
100 à l'intérieur.

– Mais je l'ai touché. Il a bougé !

– Bien sûr ! s'exclama-t-il, amusé, il a dû bouger parce que vous l'avez touché. Dieu sait ce qui vous est passé par la tête ?

105 – Qu'est-ce que vous dites ? Cela m'a fait une belle frayeur, je vous le répète.

– Ah, mais j'ai bien vu, fit le concierge en riant à gorge déployée. Et maintenant ? Vous êtes rassurée maintenant ? »

Oui, Ghitta était rassurée, et elle remonta chez les Goggi
110 tandis que le couple échangeait des regards entendus. Tout

---

1. *Piqua un fard* : rougit.

s'expliquait donc par une banale illusion d'optique. Toutefois le constat rassurant fait par le concierge ne suffisait pas à effacer, d'un seul coup, le choc reçu. Pendant toute la soirée Ghitta demeura pensive, souvent tourmentée par la tentation de remonter au grenier pour constater d'elle-même sa méprise. Peut-être que raconter l'anecdote aux Goggi lui aurait fait du bien? Mais comme c'était sur ses seules épaules que reposait la charge des trois enfants, elle pensa qu'il valait mieux ne rien dire : et si Mme Goggi se mettait dans la tête que Ghitta était une visionnaire[1], une hystérique?

Par ailleurs, justement pour que cette histoire garde en définitive les proportions d'un incident sans gravité, elle ne demanda même pas à la concierge de se taire. Ce qui fit que tout l'immeuble fut au courant et en rit; les femmes de chambre et les domestiques se saisirent de l'occasion pour la surnommer «la fille au monstre» et Mme Goggi elle-même, rentrant chez elle en fin d'après-midi, lui demanda : «Et alors, Ghitta? Qu'est-ce que c'est que cette histoire de monstre? Il y en avait vraiment un?» La jeune fille, prise au dépourvu, devint toute pâle; non par crainte des questions embarrassantes ou des remarques ironiques, mais parce que, tout à coup, et bien que cela fût absurde, elle eut de nouveau la nette certitude, qui sait pourquoi, que le monstre existait réellement. Prenant sur elle, elle sourit et se moqua d'elle-même : «Qu'est-ce que vous voulez, Madame, cela m'a fait une impression tellement bizarre. J'ai cru qu'il y avait une sorte de bête, une bête tout à fait monstrueuse. Comme ça, dans le noir, ce sont des choses qui arrivent.

– Certes, vous avez toujours été un peu fantaisiste, mais à ce point, quand même! fit Mme Goggi avec une pointe d'agacement. Cela veut dire que la prochaine fois qu'il y aura

---

1. Visionnaire : ici, personne qui a des visions.

besoin de remonter au grenier, il vaudra mieux que ce soit Anna qui y aille. Elle, au moins, elle ne voit pas de monstres… Même s'il y en a pour de vrai !

145 – Mais pourquoi ? demanda timidement la jeune fille. Vous pensez sérieusement qu'il peut y en avoir ?

– Moi ? Il ne manquerait plus que ça ! » dit Mme Goggi, se mettant enfin à rire. Et l'affaire fut traitée comme une vaste plaisanterie. Ghitta Freilaber fit son possible pour se joindre
150 aux plaisanteries et aux railleries qui occupèrent toute la famille jusqu'à l'heure du coucher. Le monstre, le matériel de pêche du vieux docteur Verolini, le docteur lui-même et son asthme, ses habitudes de misanthrope[1], ses prétendues pratiques démoniaques, la peur de Ghitta, la perquisition du
155 concierge, les commérages des locataires, tout y passa, et fut joyeusement exploité : les commentaires de toute la maisonnée insistaient lourdement, établissaient des paradoxes faciles ; si bien qu'en fin de compte Mlle Freilaber se sentit emportée par cette vague d'affectueuse bonne humeur.

160 Mais quand vient la nuit et que l'on se retrouve seul, certaines pensées resurgissent et envahissent l'esprit, occultant tout le reste. Les rires s'éteignirent, toute la maison s'endormit, la lune monta dans le ciel au-dessus des coupoles et des toits solitaires, les ombres amoureuses s'égarèrent dans
165 les jardins, les douleurs se réveillèrent dans les ventres des malades de l'hôpital, les oiseaux nocturnes aux portes de la ville somnolant sur les bords des canaux pourris prirent leur vol, on entendait de temps à autre le sifflement d'un train ou un étrange appel auquel répondait le silence des longues
170 rues, la pensée de la vie qui passe hantait les nuits blanches et, assise sur son lit, Ghitta Freilaber, vingt-huit ans, tendit

---

1. *Misanthrope* : personne qui éprouve de l'aversion pour les autres hommes ; qui évite tout contact avec ses semblables.

l'oreille pour écouter si, là-haut dans les lointains greniers, quelque chose remuait. Parce que Ghitta était une fille valeureuse qui avait courageusement repoussé bien des tentations
175 de la vie, mais celle-là, elle n'arrivait pas à la vaincre, celle qui l'avait assaillie à l'improviste dès qu'elle s'était rendu compte qu'elle était seule : la tentation de monter de nouveau pour voir, et pas demain, ni après-demain mais maintenant, avant que ne vienne l'aube, tout de suite ; autrement elle n'arriverait
180 pas à dormir, elle le comprenait bien. Et la tentation devait être forte car dès qu'elle fut sûre que tout le monde dormait, toute seule dans la nuit, en robe de chambre, elle se glissa hors de sa chambre et se mit à monter l'escalier de service, marche après marche, une chandelle à la main, bien qu'elle
185 eût tout à fait conscience du danger qu'elle encourait. Elle éprouva un immense soulagement, dans ce climat de tension, à la vue des taches géométriques que faisait la lumière de la lune passant par les larges fenêtres et qui éclairaient poétiquement le vestibule de l'escalier, car cela lui faisait penser à
190 quelques vieux murs, dans des maisons de campagne, certainement éclairés à cette heure-là par une même lumière entre les silences des prairies, les parfums des fenaisons[1], le chant léger des grillons, et cela lui rappelait des souvenirs d'enfance chers à son cœur.

195 Et s'il y avait vraiment un monstre ? Si Enrico avait menti ? Si elle n'arrivait pas à maîtriser sa terreur ? Des bêtises – se répondait Ghitta Freilaber –, pour y être, c'est sûr qu'il n'y est pas ; mais j'ai besoin de voir, je dois le constater de mes propres yeux, je ne pourrai pas résister jusqu'à demain matin.
200 Agitée par ces pensées, elle montait pas à pas en cherchant à ne pas faire de bruit. Pourtant tout était silence et nuit de juin, calme, peuplée du sommeil immense de milliers et de milliers

---

1. *Fenaisons* : récoltes de foin.

d'hommes et de la tendre respiration des enfants endormis. Et si Madame la surprenait, si elle s'apercevait qu'à deux heures du matin, elle était allée faire un tour ? Quel prétexte pourrait-elle trouver ? *Brozzesi*, lut-elle à ce moment-là sur une petite plaque émaillée fixée à une porte : elle était donc arrivée au dernier étage, l'escalier devenait plus raide et plus étroit.

La voilà sur le dernier palier. Au fond, cela avait été tellement facile ! Elle écouta longtemps. Silence. Lentement, elle éleva sa main droite jusqu'à la targette du verrou, la flamme de la bougie tremblait un peu, une voiture passait en bas dans la rue, mais elle était déjà loin désormais. Brusquement elle fit glisser le verrou – grâce à Dieu cela ne fit pas grand bruit – puis elle poussa le battant d'une main décidée.

Mais la porte ne céda pas. Elle s'ouvrit d'un ou deux centimètres, puis se bloqua avec un bruit métallique. La jeune fille sursauta. Elle se figea et son cœur battait fort. Y avait-il quelqu'un derrière ? Puis elle s'aperçut qu'on avait fixé une chaîne de sécurité, attachée par deux anneaux qu'elle n'avait jamais vus, l'un sur l'encadrement, l'autre sur le battant ; cela empêchait la porte de s'ouvrir.

Ghitta recula d'un pas, effrayée. Qui avait fermé le cagibi ? Et pourquoi ce soir justement, alors qu'avant il était toujours resté ouvert ? Qui avait donné cette consigne ? Et pourquoi tant de hâte ? Peut-être que là-dedans… ? Pourtant il sortait de là un tel silence, un silence effrayant.

Elle redescendit, retourna dans sa chambre sans que personne s'en aperçût, la maison continuait de dormir. Qui avait fermé la porte ? Peut-être n'y avait-il là rien de bien extraordinaire, peut-être qu'Enrico avait pour consigne de la garder fermée, seulement lui ne montait pas souvent et les femmes oubliaient régulièrement ; il était fort possible que les deux anneaux aient toujours été là, et la chaîne de sécurité

aussi, pendue contre l'encadrement de la porte, et qu'elle ne l'ait jamais remarqué. On pouvait aussi penser que l'ordre avait été donné par Mme Goggi, dès qu'elle avait eu vent de l'affaire, pour empêcher Ghitta de retourner là-haut et de se
240 monter la tête ; les patronnes sont comme ça, il suffit d'une bricole pour qu'elles se méfient de leurs employés ; ou bien Mme Goggi l'avait fait avec une bonne intention : éviter à Ghitta de nouvelles émotions. Cela pouvait aussi venir du docteur Verolini, pour protéger son matériel de pêche :
245 comment exclure que les racontars soient venus jusqu'à lui ? De toute manière, la clef devait se trouver en bas, dans la loge, à la disposition des locataires, et le lendemain elle aurait...

Mais il pouvait s'agir d'autre chose, pensait Ghitta, de tout autre chose. Le fait que la porte avait été fermée signifiait alors
250 que quelqu'un avait tout intérêt à cacher l'objet répugnant. Si c'était un monstre, ce n'était plus une intrusion que tout le monde pouvait constater mais bien un ténébreux secret caché avec mille soins, protégé par des complicités inconnues. Pourquoi, par exemple, Enrico aurait-il menti ? Il fallait
255 supposer qu'il était déjà au courant de l'affaire et que c'était justement pour cela qu'il était monté, lui-même, au grenier. Enrico, un si brave homme ? Et au profit de qui aurait-il agi ainsi ? Et même si l'on admettait cela, à quoi pouvait rimer cette manœuvre ? Et dans ce cas pourquoi ne s'était-il pas
260 montré le moins du monde embarrassé ? N'aurait-il pas dû trembler en voyant que son secret risquait d'être découvert ? Au contraire, il n'avait pas perdu un seul instant sa bonne humeur sympathique. Comment était-ce possible ? Ou alors il n'avait vraiment vu qu'un sac, en homme simple
265 qu'il était ? Et c'étaient d'autres, alors, qui protégeaient ces turpitudes[1] ?

---

1. *Turpitudes* : actions honteuses.

«Ça suffit, se disait Ghitta en sentant qu'elle se perdait dans un labyrinthe. Après tout, qu'est-ce que j'en ai à faire ? »
Il ne s'agissait ni d'un ogre, ni d'un dragon qui aurait pu la
270 dévorer. Si quelqu'un avait des choses honteuses à cacher, tant pis pour lui. Et pourtant la jeune fille sentait bien que la maison tout entière était contaminée. Et ce serait cette incertitude concernant la possible existence du monstre qui lui empoisonnerait la vie, tant qu'elle resterait entre ces murs.
275 Partir alors ? Mais pour aller où ? Abandonner la famille Goggi qui, en fin de compte, avait été si bonne pour elle, et les trois enfants auxquels elle s'était déjà attachée ? Et dans un autre endroit, se serait-elle sentie libérée ? Les autres maisons, les autres villes ne pouvaient donc pas receler des horreurs
280 semblables ?
Le matin, comme cela arrive, fit s'évanouir comme par miracle toutes ces élucubrations. Les peurs, l'escapade nocturne, les résolutions de tirer les choses au clair et de s'en aller, tout cela lui parut d'un ridicule achevé. Sa libération,
285 qu'elle croyait si difficile à obtenir, lui vint des rayons de soleil qui passaient entre les volets.
Pourtant, lorsqu'en partant se promener avec les deux enfants les plus grands, elle demanda, comme par hasard, la clef du cagibi pour y mettre d'autres vieux papiers et que la
290 concierge (au lieu de s'étonner de cette question puisque le réduit était toujours resté ouvert) répondit qu'elle ne savait pas, que son mari l'avait peut-être, mais qu'il était sorti, mais qu'il se pouvait également qu'on l'ait cédée pour quelque temps à un locataire – et ce discours correspondait étran-
295 gement à ce qu'elle avait supposé cette nuit –, Ghitta sentit renaître son inquiétude. Même si rien ne l'autorisait à penser cela, elle se mit en tête que, sous un prétexte ou un autre, on lui refuserait la clef du cagibi ; comme elle avait accidentellement donné l'alerte hier, plusieurs forces d'origines diverses

étaient entrées en action pour étouffer le scandale, tourner l'affaire en dérision, faire croire que tout était né de l'imagination d'une gamine trop nerveuse et trop sensible : une machination parfaite, donc, élaborée tout spécialement pour elle ; on aurait d'abord eu pour elle toutes les indulgences et tous les égards mais, par la suite, si elle avait insisté pour savoir, alors on aurait déclenché des hostilités ouvertes, des mesures de rétorsion.

C'était tellement plus simple de penser que le monstre était une chimère, qu'Enrico avait dit la vérité et fermé la porte parce qu'il considérait que c'était son devoir, que la clef se trouvait maintenant entre les mains d'Enrico lui-même ou de quelque locataire, somme toute que tout cela était clair comme de l'eau de roche. Qui sait pourquoi Ghitta Freilaber s'obstinait coûte que coûte à persister dans ses soupçons, à faire du moindre détail anodin un symptôme inquiétant, à imaginer des complots loufoques. Et puis son amour-propre lui disait de ne pas céder. Elle aurait voulu en parler, mais à qui ? Stefano, son fiancé, se trouvait bien loin. Don Angelo, son confesseur ? Cela n'aurait servi à rien, il ne l'aurait pas crue. Mme Goggi ? La dernière personne à qui faire des confidences ; Ghitta Freilaber ne connaissait que trop les dames de la haute société et leurs méfiances mesquines.

Au moment où ils s'apprêtaient à entrer, à une vingtaine de mètres de la porte, Ghitta et les deux enfants rencontrèrent M. Gerolamo, le père de la concierge, un petit vieux enjoué qui n'avait pas d'autre souci que de faire passer le temps comme il le pouvait et donc assez enclin aux bavardages. Il sortait juste de chez la concierge et avait l'air tout particulièrement content de rencontrer Mlle Freilaber.

« Ah, mademoiselle, mademoiselle, s'exclama-t-il en s'avançant à sa rencontre, ne me dites rien, Gina m'a déjà tout raconté. Mais qu'est-ce qui vous a pris, chère petite

demoiselle ? » Et il clignait stupidement de l'œil avec l'air de celui qui sait déjà tout. Puis il se pencha vers elle comme
335 pour lui faire une confidence affectueuse et lui témoigner sa compassion. « Et vous n'êtes pas la première, vous savez ! »

Ghitta, que ces débordements en apparence totalement gratuits avaient d'abord irritée, se retourna pour le regarder. « Non, non, fit-il, toujours aussi hilare, ne me regardez pas
340 comme ça ! » Et il expliqua, comme s'il s'agissait d'une bonne blague, qu'un jour, sept ans plus tôt, à l'époque où lui, le père de Gina, occupait encore le poste de concierge, l'ancien propriétaire était revenu du grenier pâle comme un mort. Lorsqu'on lui avait demandé ce qu'il s'était passé, il avait
345 répondu de façon évasive mais le soir même il avait manifesté à son comptable son désir de vendre l'immeuble : ce qu'effectivement il avait fait avec une rapidité surprenante. Si bien que pendant quelque temps on avait parlé de fantômes ou d'autres choses du même type qui auraient conduit le proprié-
350 taire à se séparer de son bien.

À ce moment-là, Ghitta Freilaber, impressionnée par le récit qu'elle venait d'entendre, décida qu'il valait mieux faire comme si de rien n'était. Elle accueillit donc cette révélation avec une incrédulité badine[1] et, les enfants fournissant un
355 bon prétexte, elle réussit à prendre congé du vieux. Une fois rentrée, elle renonça à l'idée de demander à nouveau la clef (le fait que la concierge, en la voyant passer de nouveau, ne lui ait pas touché mot du sujet lui parut du reste assez symptomatique) et le même jour elle eut la bonne idée d'envoyer à
360 la Préfecture une lettre anonyme rédigée en ces termes : « Je vous conseille, dans votre intérêt, d'aller jeter un coup d'œil dans le grenier du numéro 38 de la rue Raimondi (la porte juste en haut de l'escalier et pas le couloir de droite). Il se

---

1. **Badine** : amusée, légère.

peut que vous trouviez là quelque chose de très étrange. Un
365 ami.» Ce n'est qu'après l'avoir postée qu'elle se rendit compte
qu'elle venait de faire un faux pas. En effet, si la Préfecture ne
réagissait pas, elle ne pourrait plus aller elle-même signaler le
problème sans se trahir ; ou alors cela ferait des histoires, et il
y avait des chances pour que Mme Goggi, la tenant pour une
370 exaltée[1], la congédie ; sans compter les réactions du maître
de maison, des concierges, des colocataires. Les visites de la
police ne font jamais plaisir à personne.

Mais on ne vit pas venir la police ; les jours passaient, plus
personne, ni chez les Goggi, ni dans la loge des concierges
375 – comme si on s'était donné un mot d'ordre –, ne faisait la
moindre allusion au monstre du grenier et cela aussi contri-
buait à accroître le malaise de Ghitta Freilaber. Maintenant, il
lui était difficile de dormir la nuit et aucun raisonnement ne
suffisait plus à nier la présence du cauchemar dans le grenier.
380 Maintenant, le douloureux souvenir, que l'agitation du début
avait en quelque sorte refoulé et atténué, refaisait jour avec
une netteté impressionnante : Ghitta revoyait cet incroyable
corps avec le détail précis de ses contours, de ses plis, de sa
couleur, si bien qu'était balayée toute velléité de croire encore
385 à une hallucination. Il lui semblait que la maison allait céder
sous le poids presque insoutenable de son grenier ; la nuit
elle le sentait peser jusque sur elle, à travers l'épaisseur des
plafonds, pendant que les autres, complices ou innocents,
dormaient comme des bienheureux.

390 Jusqu'au moment où – une quinzaine de jours plus tard –
elle jugea qu'elle pouvait à nouveau demander la clef du cagibi
sans éveiller les soupçons. La concierge lui répondit que cette
pièce n'était plus à la disposition des locataires : une entreprise s'en servait pour entreposer quelques marchandises, et

---

1. *Une exaltée* : ici, une personne qui délire.

395 son mari avait déménagé tout ce qu'il y avait à l'intérieur dans un autre coin du grenier ; raison pour laquelle on avait fermé la porte avec un cadenas.

«Mais comment est-ce possible ? s'exclama Ghitta, masquant son inquiétude d'un sourire. Vous vous souvenez
400 de ce jour où j'ai eu si peur ? C'était ouvert en ce temps-là. Et le soir même on avait déjà installé le cadenas...» (Elle n'avait même pas fini de prononcer sa phrase qu'elle se repentait déjà de l'imprudence folle qu'elle avait commise. Et en effet, Gina la regardait avec étonnement.)

405 Puis voilà qu'arriva son mari, qui était dans la pièce voisine. «Dis, Enrico, fit la concierge, tu te souviens du jour où mademoiselle s'est fait une belle frayeur au grenier ? Elle dit que le soir même on a posé un cadenas. Tu t'en souviens ?

– Un cadenas, le soir même ? dit Enrico sans se départir
410 de sa sempiternelle bonne humeur. Mais comment pouvez-vous le savoir ? Vous ne vous rappelez pas, mademoiselle, que c'est moi qui suis monté au grenier, à la nuit tombée d'ailleurs. Non, non, vous vous trompez. Je ne pourrais plus le dire exactement, mais le cagibi, nous avons dû le vider le jour
415 suivant, ou deux jours plus tard... Mais pourquoi, mademoiselle ? Quelque chose appartenant aux Goggi a été perdu ?... Ou bien vous aimeriez monter pour jeter un coup d'œil à votre monstre ?»

Mais riait-il sincèrement ?

420 «Mademoiselle, vous aviez peut-être besoin de quelque chose ? insistait Enrico.

– Non, non, de rien, on parlait juste comme ça», répondit Ghitta rassurée. Ils s'étaient donc un peu inquiétés, les concierges. Peut-être avaient-ils compris qu'elle soupçonnait
425 quelque chose, et cela leur faisait peur. Et qui les avait chargés de cette mission ? Pour le compte de qui s'ingéniaient-ils de la sorte à éviter toute enquête ou toute visite sur le lieu ?

Pourquoi Enrico avait-il maintenant cet air indécis ? Pourquoi ne plaisantait-il plus ? Ghitta souriait, maintenant. Elle regarda la pendule. «Mon Dieu, comme il est tard, dit-elle. Au revoir.» Elle eut l'impression que le monde entier s'était ligué contre elle, la stupide, l'indiscrète, celle qui en avait découvert par hasard le secret et n'avait pas su se taire.

430

Trad. Delphine Gachet, *Nouvelles oubliées*.

L'Influence des astres

De passage à Milan avant de se rendre à l'étranger, mon ami Gustavo Ceriello, ayant su que le dimanche suivant je devais aller à Masta[1], où il habite, pour montrer un de mes tableaux au grand collectionneur Fossombroni, voulut
5 absolument me donner les clés de sa maison, où j'avais déjà séjourné, afin que j'y passe la nuit.

Je vais toujours avec plaisir à Masta. À part la splendeur de la ville, les gens y sont cordiaux et gentils comme nulle part ailleurs.

10 J'arrivai à Masta, par avion, le samedi soir. Je trouvai, comme me l'avait dit Ceriello, l'appartement dans un ordre parfait. C'est une vaste mansarde[2] avec terrasse dans un quartier résidentiel construit récemment sur une petite colline de la périphérie ; de là-haut, on jouit d'un panorama d'ensem-
15 ble de l'immense cité.

Avant de me coucher, dans le bureau de Ceriello, je m'amusai à feuilleter quelques livres anciens sur l'astrologie. Masta,

---

1. Contrairement à Milan (au nord-ouest de l'Italie), Masta est une ville inventée par Buzzati.
2. *Mansarde* : chambre située sous les toits.

c'est bien connu, est la capitale par excellence de l'astrologie, et celle-ci y est cultivée avec une assiduité et un sérieux incon-
20 nus ailleurs. Et la ville est fière de son Institut supérieur de sciences astrologiques, véritable université avec plus de deux mille étudiants qui viennent de toutes les parties du monde.

Même Ceriello, de son métier musicien, est un amateur passionné d'astrologie, et pendant des soirées entières, en
25 face de mon scepticisme[1] endurci, il avait cherché à m'expliquer les extraordinaires possibilités de prévoyance au moins théorique de l'avenir et de lecture du destin des individus par l'étude des astres et de leurs mouvements relatifs.

Sur une grande table du bureau était entassée la collection
30 des derniers mois du *Moniteur des conjonctions*, le journal quotidien qui se publie à Masta, et qui est entièrement consacré à ces recherches.

C'est une publication de douze pages de grand format, composée en majeure partie d'horoscopes très détaillés de
35 caractère général et particulier.

Il y a par exemple le secteur politique, la section des affaires, le tableau de la situation sanitaire et ensuite les pronostics personnels selon la date de naissance, la profession, le sexe, et même la couleur des cheveux.

40 En feuilletant ces pages, je constatai que les diagnostics et les prévisions n'étaient pas déduits seulement, comme chez nous, de la position des corps célestes de notre système planétaire : dans les calculs, on tenait aussi compte d'étoiles très lointaines, ignorées du profane[2].

45 Je cherchai, dans les derniers numéros, des horoscopes qui pussent me concerner personnellement, mais il n'y en avait

---

1. *Mon scepticisme* : ma défiance.
2. *Profane* : personne qui n'est pas initiée à un art ou à une science (ici l'astrologie).

pas. Toutes les prédictions se rapportaient seulement à Masta et à ses alentours. Élargir les recherches à d'autres régions aurait évidemment été trop compliqué et commercialement
50 peu profitable.

Bien que la saison fût très chaude, je dormis très bien. Le soleil me réveilla en filtrant à travers les persiennes. En traversant le couloir pour aller dans la salle de bains, j'aperçus par terre une chose blanche. C'était le numéro dominical du
55 *Moniteur*, avec un supplément en couleurs, que le facteur avait glissé dès l'aube sous la porte d'entrée.

Je le ramassai et le regardai. Comme chaque jour, un gros titre, se détachant en pleine page, synthétisait la situation de la journée. Il disait :

60   MATINÉE TRÈS NAVRANTE
            TOUS Y SERONT COMPROMIS ?

(C'est la règle : sur le *Moniteur*, les horoscopes défavorables sont annoncés sous forme dubitative.)

Pour compenser, il y avait une troisième ligne de titre, en
65 caractères un peu plus petits :

UNE NOUVELLE ÉCLAIRCIE SUIVRA

Après quoi, l'éditorial exhortait à la prudence, surtout les excursionnistes, les automobilistes, les chasseurs, et tout particulièrement les baigneurs. Recommandation évidemment un
70 peu tardive, puisque la plupart des gens s'étaient mis en route vers les collines, les montagnes, les lacs ou la mer aux premières heures du matin, quand le journal n'avait pas encore paru. D'autre part, Ceriello m'avait expliqué qu'il n'était possible de tracer des horoscopes exacts pour la journée qu'en
75 les déduisant des observations astrales faites pendant la nuit précédente ; bien sûr, on pouvait calculer à l'avance le mouvement des corps célestes, mais, étant donné le nombre d'astres

pris en considération, cela aurait chaque fois nécessité des années de travail.

80 En cinquième page, après les horoscopes «personnels», il y avait même une liste des habitants de Masta, pour lesquels l'influence négative de cette matinée pouvait être particulièrement dangereuse. J'eus un sursaut en y découvrant le nom de Ceriello. Heureusement pour lui, ce jour-là il était très loin, 85 pratiquement hors de portée. Jusqu'alors, en vérité, je n'avais jamais donné le moindre crédit à l'astrologie. Mais on ne sait jamais. Je me promis de mettre dans tous mes actes, au moins pendant quelques heures, la plus grande circonspection[1] : après tout je me trouvais à Masta, et j'étais moi aussi plongé 90 dans ce prétendu «champ astral» nocif.

Les astrologues du *Moniteur* auraient-ils eu en partie raison ? Chez Ceriello, homme méticuleux, tout fonctionne toujours à la perfection. Pourtant, dans la salle de bains, je remarquai tout de suite que la vidange du lavabo était bouchée 95 et que l'eau descendait mal.

À cause de cet engorgement, à peine eus-je fini ma toilette, je pris soin de bien fermer les robinets. Qui sait, peut-être pour celui de droite j'y mis trop de force, le fait est qu'on entendit un *crac* et la poignée tourna à vide, tandis que l'eau 100 jaillissait avec la plus grande violence.

Un bel ennui. En peu d'instants, la vasque aurait été pleine et le liquide aurait commencé à déborder. Heureusement, la fenêtre était proche. Je courus à la cuisine pour prendre une casserole, avec laquelle verser l'eau dehors à mesure qu'elle 105 s'accumulait.

Comme si cela n'avait pas suffi, en rentrant dans la salle de bains je butai sur le *Moniteur* que j'avais dû laisser tomber par terre et je tombai de tout mon long, me tordant douloureusement le poignet.

---

1. *Circonspection* : sagesse, prudence.

110   Je me mis donc, en jurant, à vider par la fenêtre l'eau inexorable[1]. Mais à quoi servait ce travail épuisant ? Je ne pouvais
certes pas tenir jusqu'au lendemain matin, quand serait arrivée
la femme de ménage, qui le dimanche avait congé.

Alors, prévenir quelqu'un ? Mais qui ? Dans cette maison,
115 il n'y avait pas de concierge. Alors, demander de l'aide à un
colocataire, au moins pour qu'il m'indiquât un plombier
voisin. Mais c'était dimanche, il ne fallait pas songer à trouver
un plombier.

Je pensai aux splendides tapis anciens, dans le bureau
120 et dans le salon, auxquels Ceriello tenait tant et qui bientôt
auraient été trempés. Je pensai aux dégâts dans les appartements en dessous, où l'inondation aurait certainement filtré.
Il ne restait qu'à téléphoner aux pompiers.

Mais quel était le numéro des pompiers ? Renonçant à
125 lutter contre l'eau, je courus dans l'antichambre[2], où était
installé le téléphone. Mais je ne trouvai pas les annuaires.
J'ouvris fébrilement les tiroirs des meubles les plus proches.
Rien. Où diable les avait-il fourrés, Ceriello, avec sa manie de
l'ordre ? Je ne pouvais quand même pas, sous peine d'indis-
130 crétion, fouiller tous les meubles de la maison.

Je me précipitai dans la chambre et m'habillai en toute
hâte pour être présentable. Au moment où je sortais sur le
palier pour demander le numéro des pompiers à un colocataire quelconque, je m'aperçus que je n'avais pas pris les clés
135 de l'appartement. À cet instant précis, un courant d'air fit
claquer la porte. J'étais enfermé dehors.

Un malheur après l'autre. Gémissant des malédictions, je
sonnai en face. Une fois, deux fois, trois fois : pas de réponse.
(De l'autre côté de la porte de Ceriello, j'entendais le bruit de
140 l'eau qui ruisselait du lavabo.)

---

1. *Inexorable* : ici, qui n'arrête pas de couler.
2. *Antichambre* : vestibule.

Je descendis un étage et sonnai à un appartement d'en dessous. Une douce petite vieille vint m'ouvrir ; elle prit peur en voyant ma figure. J'eus du mal à la calmer et à lui expliquer la situation. «Les annuaires sont là, me dit-elle enfin, sur ce
145 rayon. Mais ce matin, mon téléphone ne marche pas.

– Comment, ne marche pas ?

– Qui sait ? » Maintenant, elle souriait avec bienveillance. «Ils sont bloqués dans tout l'immeuble.

– Et où est le téléphone public le plus proche ?
150 – Je ne sais pas, monsieur. Je me sers toujours du mien.

– Mais il y aura bien un bar près d'ici.

– Oh, c'est possible, c'est possible…»

Au pas de course, dehors, sous le soleil torride. Les rues étaient désertes, on aurait dit un quartier abandonné. Des
155 files de voitures stationnaient des deux côtés, mais pas âme qui vive.

C'était un de ces maudits quartiers résidentiels, presque sans boutiques.

Au moins cinq cents mètres avant de trouver un bar.
160 Avait-il le téléphone ? Il l'avait. Il marchait ? Oui, bien sûr, il marchait. Y avait-il un annuaire ? Il y en avait un.

À l'autre bout du fil, le standardiste des pompiers, quand il eut entendu mes ennuis, me répondit avec un petit rire philo-sophique sans méchanceté : «Eh, cher monsieur, un robinet, ce
165 matin, ce n'est rien. Depuis l'aube, nous avons un appel après l'autre. Toutes les escouades sont sorties. – Et alors ? – Alors, je prends note, monsieur, dès que ce sera possible on viendra.»

L'inondation, cependant, jusqu'où s'était-elle étendue ? J'imaginai le bel immeuble transformé en fontaine de Trevi[1]
170 dans un chœur rugissant d'imprécations[2] féroces.

---

1. *Fontaine de Trevi* : célèbre fontaine de Rome, la plus grande de la ville.
2. *D'imprécations* : de malédictions.

Je demandai au barman s'il connaissait un plombier. «Sûr, mon oncle, répondit-il. C'est un très bon ouvrier. – Et vous pourriez me l'appeler? – Le fait est que je ne sais pas quand il rentre. Aujourd'hui, il est allé à la pêche.»

175 D'ailleurs, à quoi servait un plombier si je ne trouvais pas aussi un serrurier pour forcer la porte? En ville, en dehors de Ceriello, je connaissais, mais seulement par correspondance, le célèbre Fossombroni. Mais, naturellement, lui non plus n'était pas là : il m'avait attendu jusqu'à onze heures, puis il 180 était sorti et on ne savait pas quand il reviendrait.

Le cœur battant, d'une rue à l'autre, d'une maison à l'autre, à demander, à supplier. Et tout le monde était gentil, compréhensif, débordant de sympathie. Mais c'était dimanche. Les plombiers étaient en balade, et tous les serruriers en 185 excursion.

Tout à coup, le soleil disparut. Avec la vitesse qui caractérise l'été, de gros nuages envahissaient le ciel. Je regardai l'heure. Depuis près de trois heures, je tournais en rond comme un fou. Il était une heure et demie. Désormais, la 190 maison de Ceriello, pour ne rien dire des appartements d'en dessous, devait être un Niagara[1].

Et le Niagara vint aussi du ciel. Des cataractes[2] de pluie battante qui vidèrent les rues en un éclair. Trouver un taxi, maintenant! Il y avait de quoi rire.

195 À perdre haleine en trébuchant dans les flaques. À cette heure, pensai-je, les pompiers étaient peut-être arrivés chez Ceriello, je devais être sur place, c'était la moindre des choses.

Mais je ne vis pas les voitures rouges devant l'immeuble, quand je m'approchai, trempé de la tête aux pieds, plus 200 mort que vif de fatigue et de rage. L'ouragan apaisé, le ciel se découvrait.

---

1. *Niagara* : fleuve d'Amérique du Nord célèbre pour ses chutes vertigineuses.
2. *Cataractes* : très fortes chutes d'eau.

Je regardai en l'air, vers la terrasse, cherchant les signes du désastre. Mais tout semblait normal.

«Dino, qu'est-ce que tu fais ici dans cet état? Qu'est-il 205 arrivé?»

Je me retournai.

ÉCLAIRCIE SUIVRA

avait annoncé le *Moniteur*. Ceriello en chair et en os descendait d'un taxi. Me sachant à Masta, pour rester un peu avec 210 moi il avait avancé son retour.

Balbutiant, rouge de confusion, je lui expliquai la catastrophe que j'avais combinée. Étrangement, il ne se fâcha pas et prit la chose en riant.

«Allons, montons voir. Peut-être les dégâts ne sont pas si 215 terribles.»

On sortit de l'ascenseur. Étrange, le palier était sec. Il ouvrit la porte. Étrange, le dallage de l'antichambre était sec. (Et pourtant on entendait, de l'autre côté, le bruit sinistre de l'eau.)

220 Le bureau était sec, et aussi le salon. Nous entrâmes dans la salle de bains. L'eau, ruisselant du lavabo, se répandait sur les carreaux et allait se déverser en glougloutant dans une grille de cuivre faite exprès par le prévoyant Ceriello (et que dans mon agitation je n'avais pas remarquée).

225 De trempé, il n'y avait que l'exemplaire du *Moniteur*, froissé par terre, de telle sorte que, du titre funeste, on lisait seulement les lettres:

MA.IN.. T.E. NA...NT.

T.U. Y ...... C...RO.IS?

Trad. Michel Sager, *Les Nuits difficiles*.

Lettre ennuyeuse

Je ne comprends pas moi-même, Elena chérie, comment j'ai pu rester si longtemps sans t'écrire, comment ton amie a pu rester tant de temps sans te donner signe de vie. Mais le temps passe si vite, et l'hiver m'avait profondément déprimée. Finalement, je l'ai tué. Bref, il a fallu que passassent cinq mois pleins, depuis notre dernière rencontre, et que frappât à la porte, finalement, le printemps béni, ici à la campagne si radieux, si réconfortant, pour que je prenne la plume et me remette à bavarder avec ma chère petite Elena. Je te jure que je n'en pouvais plus.

Comme je voudrais que tu sois ici, à côté de moi, toi qui as une sensibilité tellement proche de la mienne, toi qui sais écouter les petites voix mystérieuses de la nature et des vieilles maisons, toi qui sais, comme moi, cueillir les minuscules enchantements de la vie domestique, pour les autres plate et mesquine ! Crois-moi, me débarrasser d'un tel mari a été un grand soulagement.

C'est le soir, les arbres et les prés s'apprêtent à s'enfermer dans le sommeil. Je ne sais même pas comment j'ai été capable de résister tant d'années. Une paix merveilleuse s'étend autour de ma maison (heureusement, la route est loin), et un

sentiment de sécurité, de bonté, de plénitude, comment dire, d'intimité profonde, apaise mon âme. Et puis le «professeur» ne me tourmente plus, ne se lamente plus, ne donne plus de
25 leçons.

En ce moment, on ne voit rien, parce qu'il fait déjà noir, mais pendant la journée, quand je suis assise ici, devant mon secrétaire, j'aperçois les nouvelles pousses de la spiridine grimpante qui dépassent de l'appui de la fenêtre. Quel vert
30 tendre, amoureux, bouleversant! C'est la vie même, c'est – et ne me dis pas que je suis folle – l'espérance incarnée. La nuit, quand il dormait, il faisait toujours un sifflotement avec son nez, c'était une chose épouvantable. Et puis il me trompait. Systématiquement.

35 Mais sais-tu que le printemps fait craquer le bois des meubles anciens, des pilotis[1] préhistoriques? Même avec la fille du garde-barrière, il me trompait, à deux pas d'ici, à l'orée du bois, sur la voie ferrée. Mais sais-tu que le printemps, à l'intérieur de moi-même aussi, fait sauter, je ne sais pas exactement où mais
40 sûrement au plus profond des nerfs et des sens, fait sauter des sortes de ressorts qui sont restés, Dieu sait pourquoi, comprimés très longtemps. Tsic, tsic, j'ai la sensation que d'innombrables chardonnerets[2] microscopiques qui nidifiaient dans les parties les plus secrètes de mon corps à l'improviste font des
45 bonds. Sensations infimes, à peine perceptibles, et pourtant si provocantes et suaves[3]. Toi aussi? Dis-moi, Elena chérie : toi aussi? Ce fut très facile, tu sais. Il dormait avec son éternel sifflotement. J'avais trouvé une longue épingle, peut-être de ma grand-mère, de celles qui servaient à fixer les chapeaux sur la
50 tête. Une belle grosse épingle.

---

1. *Pilotis* : pieux enfoncés dans la terre qui servent à soutenir les fondations d'un bâtiment.
2. *Chardonnerets* : petits oiseaux.
3. *Suaves* : douces.

Ces journées sont peut-être pour moi les meilleures de l'année. J'ai bien calculé l'endroit. Lui continuait à siffloter. J'ai enfoncé de toutes mes forces. Comme dans du beurre. Ce matin, quand je suis sortie dans le jardin, j'ai eu une surprise
55 délicieuse : la gwadinne tropicale, tu sais celle que le docteur Genck m'avait rapportée de Zanzibar, et que je croyais morte, dans l'espace d'une nuit avait mis au jour une fleur, mais que dis-je une fleur ? une espèce de flamme, de torche, de jaillissement incandescent. Il a à peine ouvert les yeux. Il n'a
60 pas bougé. Il a murmuré «Tu dois a...», peut-être voulait-il dire «Tu dois appeler le médecin». Il n'a pas compris que ç'avait été moi. Avec ce «aaa...», il s'est affaissé comme un ballon mal gonflé. C'est une petite plante, la gwadinne, t'en souviens-tu ? un bibelot, une chose de rien, et toutefois elle
65 cachait en elle, dans ses fibres secrètes, une telle charge de vie ! Quelle chose merveilleuse, la nature ! Je ne cesse pas de m'en étonner. Source inépuisable de beauté, de générosité, de sagesse, de génie artistique.

Et sais-tu la chose la plus extraordinaire ? Les papillons
70 qu'on appelle des walkyries, celles à raies azur et lilas, ces chefs-d'œuvre de la création, les plus belles, les plus délicates, les plus *modern style*[1], les plus féminines, et qui ont ce vol particulier, t'en souviens-tu ? comme si elles se déhanchaient, eh bien, sans doute tu ne me croiras pas, elles se sont toutes
75 jetées sur la fleur érigée de la gwadinne, qui semblait jouir en exhalant un violent parfum. Quel fracas quand je l'ai fait tomber du lit. Je ne pouvais pas le soulever, bien sûr, lourd et gros comme il était. Et puis d'autres fracas quand je l'ai traîné jusqu'au bas de l'escalier. À chaque marche un fracas. Du très

---

1. *Modern style* : mouvement artistique de la fin du XIXᵉ siècle et du début du XXᵉ, aussi appelé Art nouveau, qui s'appuie sur l'esthétique des lignes courbes.

80 beau travail. Lui de plus en plus laid, au contraire, avec ses moustaches pendantes.

Ah, une autre jolie nouvelle. Mirandolina, ma siamoise, a mis au monde six chatons plus jolis que tout ce qu'on peut imaginer. La rencontre avec le matou des Soffiati a porté ses
85 fruits. Parfaits, te dis-je. Le vétérinaire qui a aidé à l'accouchement, ce sympathique Scorlesi, toi aussi tu le connais, non? était stupéfait. À peine nés, disait-il, et déjà les oreilles en virgules! Dès maintenant, disait-il, ils pourraient gagner des concours. Je l'ai tiré jusqu'à la trappe qui ouvre sur l'égout en
90 dessous. J'ai entendu «chak» quand il est arrivé au fond.

Pendant l'ennui de l'hiver, qui ici à la campagne se fait sentir plus que chez vous en ville parce que vous avez tant de lumières, tant de mouvement, tant de belles occasions, tant (hélas) de coups de téléphone, sais-tu que j'ai lu une quantité
95 de livres? Tu vas rire. Et tu concluras que je suis devenue une hypocrite, une bigote[1], une souris d'église. Ris, ris. Je me suis prise de passion pour les vieux Évangiles. Il m'avait si souvent expliqué que notre égout communique avec un courant souterrain qui se perd Dieu sait où, la maison est construite
100 sur un terrain karstique[2], tout perforé de tunnels et de grottes. Les Évangiles, bien sûr, quand j'étais enfant on me les avait fait lire en classe, et pour cette raison je les détestais. Maintenant j'ai bien changé, tous les soirs, sans exception, avant de fermer les yeux j'ouvre au hasard le petit volume. Que
105 de pages divines! J'ai signalé la disparition à la police dès le lendemain matin. J'ai dit que depuis l'après-midi de la veille je ne savais plus rien. À chaque lecture, c'est une injection de foi, de sérénité, de bonté. Si bien que je pense faire restaurer

---

1. Bigote : qui manifeste un attachement excessif et étroit à la religion.
2. Terrain karstique : plateau calcaire poreux.

la chapelle de famille, ici, qui est plutôt *falling to pieces*[1]. Qui
110 sait si on ne m'en tiendra pas compte un jour, quand je serai
portée par les anges (ou par les diables ?) devant le trône de
Dieu ?

Mais à propos, avant de te quitter – peut-être ai-je été un
peu ennuyeuse, non ? –, je dois t'expliquer ce poncho péruvien
115 qui te plaisait tant. Il était rentré vers une heure du matin, je
jurerais qu'il avait été avec la fille du garde-barrière. La police
le recherche dans ces parages, moi-même j'ai laissé entendre
quelque chose en ce sens. Alors, écoute : il faut deux cents
grammes de laine shetland grise (ou beige), plus quatre-vingt-
120 dix grammes de la même laine noire (ou tabac), plus cinquante
grammes de la même laine blanche (ou crème) et des aiguilles
numéro 3. On tricote en deux morceaux en diminuant une
maille de chaque côté à tous les rangs à l'endroit. En tout cas,
ils ne le trouveront jamais ici dans le trou. Il m'avait très bien
125 expliqué, feu le professeur, les ressources des terrains karsti-
ques. Pour la première moitié : avec la laine grise monter
deux cent soixante-deux mailles et tricoter dix rangs au point
mousse, puis, toujours avec la laine grise, tricoter seize rangs
au point de jersey. Dans les romans on raconte que le remords
130 existe, si tu savais au contraire quelle paix, quelle tranquillité, quel silence. Vingt-septième rang : (a) une maille avec la
laine blanche, trois mailles avec la laine grise (b) ; répéter (a)
et (b) jusqu'à la fin du rang en terminant par une maille en
laine blanche. Vingt-huitième rang : (c) trois mailles avec la
135 laine blanche, une maille avec la laine grise (d) ; répéter (c)
et (d) jusqu'à la fin du rang, en terminant par trois mailles
en laine blanche. Impossible qu'ils le trouvent, absolument
impossible. Du vingt-neuvième au trente-deuxième rang, en
laine blanche. Trente-troisième et trente-quatrième, en laine

---

1. Falling to pieces : sur le point de s'effondrer (en anglais).

140 grise. Du trente-cinquième au trente-huitième, en laine noire. Trente-neuvième et quarantième en laine grise. Quarante et unième et quarante-deuxième, en laine blanche. Et j'espère qu'il ne te viendra pas à l'esprit de bavarder, bien que tu sois la fille d'un magistrat. On a ainsi deux cent vingt-six mailles
145 sur l'aiguille. Quarante-troisième et quarante-quatrième rang, en laine noire. Quarante-cinquième…

Trad. Michel Sager, *Les Nuits difficiles*.

Alias rue Sésostris

La mort par infarctus, à soixante-neuf ans, du professeur Tullio Larosi, titulaire de la chaire[1] de gynécologie à l'université et directeur de l'hôpital de Santa Maria Immacolata, appelé plus communément «La Maternité», fut un vrai événe-
5   ment pour les locataires de l'immeuble du 5, rue Sésostris, dont Larosi était le propriétaire.

Depuis quinze ans, c'est-à-dire depuis que je suis venu m'installer dans cette ville, j'habite un petit appartement au troisième étage de cette maison, et je m'y trouve très bien. Le
10   bureau de mon affaire – publicité et relations publiques – est au contraire dans le centre.

Construite pendant les années 1920 dans un style sobre qui rappelle vaguement le petit baroque viennois, la maison du 5, rue Sésostris est la respectabilité faite pierre. Avant tout,
15   le quartier, aujourd'hui un peu passé de mode, mais qui jouit toujours d'une excellente réputation. Et puis l'aspect extérieur, la dignité un peu sévère de l'entrée, la sollicitude[2] empressée et respectueuse du concierge et de sa femme, l'ampleur

1. *Chaire* : poste de professeur.
2. *Sollicitude* : attention soutenue.

de l'escalier, l'extrême propreté de tout, et même les plaques
de cuivre aux portes des divers appartements, plaques dont
les noms et le graphisme des caractères expriment la sécurité
économique et une haute tenue morale. Mais surtout les
locataires, l'un meilleur que l'autre, si on peut dire : des
hommes réputés dans les professions libérales, des femmes
insoupçonnables même quand elles sont jeunes et belles,
des enfants sains, attachés à leurs parents et studieux. Une
seule personne est relativement étrangère à ce solide monde
bourgeois : le peintre Bruno Lampa, un célibataire, qui a son
atelier dans une vaste mansarde[1] ; mais c'est un noble, des
Lampa di Campochiaro, de Modène.

Indubitablement, dans cette petite société homogène qui
habitait la maison, le plus illustre était le propriétaire lui-même,
Tullio Larosi. Savant de renommée internationale, chirurgien
aux mains d'or, sa personne elle-même exprimait un très haut
niveau intellectuel et humain. Grand, maigre, la courte barbiche grise très soignée, les yeux vifs et pénétrants qui vous
scrutaient intensément derrière les lunettes cerclées d'or, les
mains aristocratiques, le pas allongé et un peu hautain, la voix
persuasive et profonde.

Nous autres locataires nous fîmes un devoir des visites
de condoléances à la veuve, encore jeune parce que Larosi
s'était marié ayant déjà passé la cinquantaine. L'appartement, au premier étage, était magnifique, sans aller jusqu'à
la somptuosité. Nous fûmes impressionnés par le style avec
lequel la famille contenait les manifestations de la douleur et
du deuil : ni hystérie, ni scènes théâtrales de désespoir comme
il y en a souvent chez nous, mais une dignité silencieuse et
contrôlée qui faisait sentir encore plus intensément la gravité
de la perte.

---

1. *Mansarde* : voir note 2, p. 47.

On s'attendait, logiquement, à des funérailles en grande pompe. Et en effet dès l'aube commença le va-et-vient des préposés aux pompes funèbres, fonctionnaires et employés – on le comprenait à un kilomètre – de la firme la plus sérieuse et la plus respectable de la ville. Dans la cour, à neuf heures, les couronnes de fleurs formaient déjà, au pied des trois côtés, une haie ininterrompue d'une rare splendeur.

Le cortège, informait le faire-part de la famille, se serait mis en route à onze heures. À dix heures, la foule bloquait déjà la rue et les agents déviaient vers d'autres trajets le flux des véhicules. À dix heures un quart, en troupe nombreuse et dolente[1], arrivèrent les sœurs de La Maternité. Tout se déroulait avec calme, ordre et silence.

Sinon que, vers dix heures vingt, on eut la sensation d'un accrochage imprévu, de quelque chose qui n'allait pas comme il fallait. On rencontra dans l'escalier des figures étranges et qui manquaient de dignité. On entendit l'écho d'une discussion animée et nerveuse, pour ne pas dire d'une dispute, qui provenait de l'antichambre des Larosi. Il s'ensuivit, chez les gens qui faisaient la queue dans la cage de l'escalier et dans le vestibule de l'appartement, des signes évidents d'embarras et de confusion. Et enfin, pour la première fois pendant ces derniers jours, résonna un grand cri de désespoir : et c'était la voix de la veuve, Mme Lucia ; on ne pouvait pas s'y tromper.

Ces bizarreries ayant excité ma curiosité, je descendis deux étages et essayai d'entrer chez les Larosi ; c'était la chose la plus normale du monde, puisque moi aussi je devais participer à la cérémonie funèbre.

Et pourtant, je fus repoussé. Trois jeunes hommes, qu'il ne fallait pas beaucoup d'imagination pour identifier comme

---

1. Dolente : qui exprime sa souffrance avec des plaintes.

des agents de la Sûreté, invitaient énergiquement à sortir les gens déjà entrés et barraient le passage à ceux qui essayaient d'entrer. Et cela provoqua une sorte d'émeute, parce que cette intervention semblait complètement délirante en même temps
85 qu'irrespectueuse.

Cependant, au-delà de l'épais rideau de têtes qui s'agitaient, j'entrevis mon ami le docteur Sandro Luccifredi, commissaire de police, chef des Gardes mobiles. À côté de lui, le docteur Usciro, chef de la section Homicides. Luccifredi, quand il
90 m'aperçut, agita la main en l'air en me criant : «Incroyable! Tu verras. Incroyable!» Aussitôt après, je fus entraîné par la retraite des gens expulsés.

Un peu plus tard, s'étant montré sur le palier, le docteur Luccifredi annonça à la foule : «Mesdames et messieurs, j'ai le
95 devoir de vous informer que, pour un motif de force majeure, les funérailles du professeur Larosi sont suspendues. Les personnes présentes sont vivement priées de s'en aller.»

Il n'est pas difficile d'imaginer le volcan d'exclamations, de commentaires, de discussions, de conjectures[1], provoqué
100 par cette annonce soudaine. Mais cela dura peu, parce que les agents s'employèrent à faire évacuer d'abord l'escalier, puis le hall d'entrée, et enfin le bout de rue devant la maison.

Que s'était-il passé? Pourquoi la police était-elle intervenue? Est-ce que le professeur n'avait pas succombé à une
105 mort naturelle? Qui soupçonnait-on? Comment le doute était-il venu? Voilà les questions que les gens se posaient.

Mais personne n'avait deviné juste. Les premiers détails succincts de la vérité, infiniment plus incroyable, on put les lire dans les journaux du soir. Ni la radio ni la télévision n'en
110 firent mention.

---

1. *Conjectures* : hypothèses.

Bref, il s'agissait d'un des plus ahurissants coups de théâtre des chroniques[1] du siècle : c'est-à-dire qu'était venu le doute que le défunt, gynécologue illustre, titulaire d'une chaire universitaire et directeur d'un des plus grands hôpitaux de la ville, ne fût pas réellement Tullio Larosi. Mais un médecin de Turin, un certain Enzo Siliri, lui aussi spécialiste en obstétrique, déjà plusieurs fois condamné sous le fascisme[2] pour pratiques illicites et rayé de l'Ordre, puis réapparu pendant l'occupation allemande[3], et qui s'était fait complice des nazis et s'était distingué comme scélérat criminel de guerre dans un camp de concentration de la Thuringe[4], où, sous prétexte d'expériences scientifiques, il avait torturé et pratiquement dépecé des centaines de jeunes Juives. Ensuite disparu pendant les désordres de la Libération et recherché en vain par toutes les polices d'Europe.

La chose était tellement énorme que les journaux, en annonçant l'invraisemblable révélation sur la base d'éléments fournis par la police, la donnaient avec la plus grande prudence, laissant transparaître le soupçon que l'autorité était en train de prendre des vessies pour des lanternes[5].

Mais ce n'étaient pas des vessies. Le même soir, il y eut une cascade d'éditions spéciales avec une abondance de détails toujours nouveaux et de plus en plus extraordinaires.

Il en résultait que ce fameux Siliri, arrivé ici dans la ville tout de suite après la fin de la guerre, en se servant d'une vague ressemblance facilement soulignée par l'adjonction

---

1. Chroniques : recueil de faits historiques rapportés dans l'ordre de leur succession.
2. Le **fascisme** est un régime politique totalitaire, nationaliste, mis en place par Benito Mussolini en Italie à partir de 1922.
3. Une grande partie de l'Italie fut occupée par l'Allemagne à partir de septembre 1943.
4. Thuringe : région située au centre de l'Allemagne.
5. Prendre des vessies pour des lanternes : se tromper.

d'une barbiche, s'était approprié l'identité du professeur Tullio Larosi, célèbre gynécologue qui, persécuté par les autorités nazi-fascistes à cause d'une grand-mère juive, s'était enfui en 1942 avec l'intention d'émigrer en Argentine. Arrivé en Espagne, il avait pris passage à bord d'un cargo mixte brésilien qu'un sous-marin allemand coula par erreur, et qui se perdit corps et biens.

Larosi était célibataire et ses seuls parents vivaient justement en Argentine, dans une fazenda[1] très isolée. Pratiquement, sa mort fut ignorée de tous, personne ne s'occupa de sa disparition, et personne n'intervint quand, pendant l'été 1945, Siliri se présenta ici comme le gynécologue qui avait dû émigrer à l'étranger. Sa fuite, les persécutions fascistes habilement dramatisées dans ses récits, ses aventures dans le Nouveau Monde lui conférèrent une auréole romanesque, et c'est tout juste si on ne le fêta pas comme un héros de la Résistance. Toujours est-il qu'un peu plus tard la chaire à l'université lui fut attribuée presque automatiquement. Et comme ce n'était pas un imbécile, et qu'il possédait les connaissances de la spécialité, il ne lui fut pas difficile de prolonger la fiction pendant de longues années. Quant au vrai Tullio Larosi, il semblait qu'il se fût dissous dans le néant, lui et toute sa parenté.

Voilà ce que disaient les journaux. Mais on se demandait comment la vérité avait fait surface à l'improviste, justement à l'occasion des funérailles. L'explication était simple, disaient les chroniqueurs : l'enregistrement du décès à l'état civil avait fait apparaître des discordances entre les généralités officielles et celles qui figuraient sur les papiers du mort. D'où l'intervention de la questure[2] et tout le reste.

---

1. *Fazenda* : grande exploitation agricole.
2. *De la questure* : du commissariat de police.

En réalité, cette découverte tardive avait quelque chose de mystérieux. Et elle laissait perplexes les connaissances, et en particulier les colocataires de la très respectable maison, où régnait maintenant une atmosphère de malaise. Il semblait presque que le déshonneur tombé brusquement sur un homme que l'on considérait comme un modèle de vertus civiques fît tache d'huile et contaminât les gens qui, pendant des années, avaient vécu à côté de lui.

J'avoue que moi aussi j'avais été profondément secoué. Si un homme de valeur, aussi digne et aussi respecté, s'écroulait ainsi d'un coup dans la boue et l'opprobre[1], à quoi pouvait-on encore croire ? Et pour exciter mon inquiétude survint un coup de téléphone auquel je ne me serais jamais attendu. Un beau matin, le docteur Luccifredi de la Garde mobile m'appela chez moi.

J'ai déjà dit que Luccifredi était de mes amis. J'ai toujours tenu à avoir parmi mes amis quelque personnage important de la questure. C'est une chose qui donne de la tranquillité et de l'assurance, dans la vie on ne sait jamais. Luccifredi, je l'avais rencontré il y a quelques années chez des amis communs, et il m'avait tout de suite témoigné une vive sympathie. J'en avais profité pour chercher à le rencontrer en dehors de son bureau, l'invitant à dîner et lui faisant connaître des gens intéressants. Et on se voyait assez souvent. Mais jamais il ne m'avait téléphoné le matin à la maison.

« Salut, Andreatta, me dit-il. Tu ne t'en es pas encore remis, non ? L'illustre professeur ? Ton respectable propriétaire !

– Eh, tu peux l'imaginer, répondis-je, sans comprendre où il voulait en venir.

– Je suppose que tu seras curieux d'en savoir davantage, n'est-ce pas ? Les journaux disent sans dire.

---

1. *L'opprobre* : la honte.

– Bien sûr, je suis curieux.

– Et si moi je te racontais tout ? Pourquoi ne nous voyons-
200 nous pas ? Qu'est-ce que tu fais ce soir ? »

Il vint dîner. Ma bonne, aux fourneaux, est formidable, les
amis sont ravis d'en profiter. Je la priai, pour l'occasion, de
se surpasser.

Nous voici donc à table, tranquilles, devant un plat de
205 succulents cannellonis à la crème et une bouteille de château-
neuf-du-pape. La lumière verticale du lustre fait ressortir la
profonde cicatrice qui marque la joue gauche de Luccifredi, et
son visage maigre, qui ressemble vaguement à celui de Frank
Sinatra[1], est encore plus aigu et pénétrant que d'habitude.

210 « Peut-être tu ne me croiras pas, me dit-il, mais je le
surveillais depuis un an et demi. Peut-être tu ne me croiras
pas, mais il y a un an que j'ai appris la vérité. Mais on continuait à renvoyer la chose. Tu sais ? Le scandale, les répercus-
sions dans les milieux universitaires…

215 – Mais alors, dis-je, à plus forte raison après sa mort, vous
auriez pu vous taire…

– Non, parce qu'il y avait la question de l'héritage.

– Et pourrais-tu me dire comment t'est venu le soupçon ? »

Luccifredi a un grand rire. « Simplement une lettre anonyme.
220 Qui venait on ne sait d'où, parce que le cachet postal était
maquillé. Anonyme mais détaillée… Naturellement, ensuite il
fallait trouver les preuves… Et je fouille, tu sais, je fouille… Et
dans ce domaine, tu peux me croire, je suis assez habile.

– Mais est-il possible que pendant tant d'années personne
225 ne l'ait reconnu ?

– Il y a eu quelqu'un. Mais Siliri lui fermait la bouche avec
du fric. Des millions et des millions. Nous avons trouvé un

---

1. *Frank Sinatra* (1915-1998) : célèbre acteur et chanteur américain d'origine italienne.

carnet avec les chiffres et les dates. Mais chez nous, l'homme ne s'est pas présenté…

230   – Mais alors, quelles preuves aviez-vous ?

– Ça aussi, c'est très simple. Les empreintes digitales laissées par le professeur à l'hôpital. Celles de Siliri figuraient aux archives de Turin.

– Excuse-moi, cette histoire m'amuse. Mais alors toi,
235 qu'est-ce que tu as fouillé ? Vous avez trouvé le gâteau tout cuit, non ?

– Eh, qui sait ? » Il secoue la tête avec une expression ambiguë. « Comment peux-tu exclure, par exemple, que, cette lettre anonyme, je l'aurais écrite moi-même ? » Et, de nouveau,
240 il a un grand rire.

Quant à moi, je ne sais pourquoi, je ne me sens pas d'humeur à rire. Je lui dis : « N'est-ce pas un peu bizarre que tu me dises ces choses ?

– Ça n'a rien de bizarre, répond-il. Peut-être un jour tu
245 comprendras pourquoi… Eh, je fouille, je fouille… je suis patient… je sais attendre… Le bon moment viendra.

– En effet, il est venu.

– Il est venu. Et il viendra.

– Comment, il viendra ?

250   – Eh, je fouille, je fouille… Pour quelqu'un, le moment viendra… Une rue élégante, la rue Sésostris… une bonne adresse, n'est-ce pas ? … Particulièrement le numéro 5… Des gens au-dessus de tout soupçon… eh, eh… Mais je fouille, j'ai fouillé… »

255 Ai-je pâli ? Je ne sais pas. Je lui dis : « J'avoue que je ne te comprends pas.

– Tu comprendras, me fait-il avec le petit sourire des grandes occasions, et il sort un carnet. Tu veux vraiment savoir ? Tu veux que je te dise tout ? Mais seras-tu capable de te taire ?

260   Moi : « Je pense que oui. »

Il me fixe en silence : «Oui, conclut-il, j'ai des raisons de croire que tu te tairas.

– Tu as confiance ?

– En un certain sens oui, j'ai confiance… Maintenant, écoute. Et il feuillette son carnet. Le commandeur Guido Scoperti, tu le connais ?

– Il habite à côté de moi, la porte en face.

– Bien. Qu'en dirais-tu si tu venais à savoir que Scoperti est un faux nom ? Qu'en réalité il s'appelle Boccardi, Guido Boccardi, de Campobasso, et que sur ses épaules pèse une condamnation en cours à huit ans de réclusion pour banqueroute frauduleuse ? Charmant, eh ?

– Pas possible !

– Boccardi Guido, fils d'Antonio, condamné à neuf ans en 1945. En 1946, amnistié à cause d'une erreur de transcription. Recherché depuis septembre de la même année.

– Et vous vous en êtes aperçus maintenant ?

– Il y a un mois… Et le nom Germiniani Marcella, ça ne te dit rien ?

– C'est celle qui habite au premier. Pleine d'argent. Elle a une Rolls-Royce.

– Bien. Tu tomberais des nues si on découvrait que la riche veuve ne s'est jamais appelée Germiniani, mais Cossetto, Maria Cossetto, jugée pour uxoricide[1], acquittée en première instance, en appel condamnée à perpétuité par contumace[2] et qui depuis joue la fille de l'air[3] ? Qu'en dis-tu ?

– Tu plaisantes ?

– Et le fameux docteur Publiconi, celui qui habite au deuxième, juste en dessous, le président de la Fédération de

---

1. Uxoricide : ici, meurtre de l'époux par l'épouse (habituellement, le mot désigne le meurtre de l'épouse par son époux).

2. Par contumace : en l'absence de l'intéressée.

3. Joue la fille de l'air : est en fuite.

290 boxe, ça te ferait de l'effet d'apprendre que son vrai nom de baptême est Armando Pisco ? Ça ne te dit rien, Pisco ? Ça ne te rappelle rien ?

– Ben, il y a eu un procès en France, il y a très longtemps.

– Exact. Maniaque sexuel, surnommé l'étrangleur des
295 Halles, condamné à la guillotine par les assises[1] de la Seine[2] et évadé la veille de l'exécution... Tu n'as jamais remarqué ses mains ?

– Tu as une belle imagination.

– Et la Lozzani ? Armida Lozzani, créatrice de haute
300 couture, celle qui occupe tout le quatrième étage ?... *Alias*[3] Marietta Bristot, bonne à tout faire, qui a filé avec trois millions de bijoux et a été condamnée par contumace à cinq ans... Délicieux, tu sais, ce faisan aux câpres... Compliments... Mais ce n'est pas tout : le comte Lampa, des Lampa
305 di Campochiaro, peintre néo-impressionniste[4], qui habite la mansarde[5], je te le recommande, ton comte, *alias* monseigneur Buttafuoco, premier secrétaire à la nonciature apostolique[6] de Rio de Janeiro, en ce temps-là Brasilia n'existait pas encore, organisateur de la fameuse Œuvre apostolique de
310 San Severio, en deux mots détournements de fonds pour plus de cinquante mille dollars, puis fuite, passage à l'étranger et dissolution dans le néant.

---

1. *Assises* : juridiction criminelle.

2. *La Seine* : département français supprimé le 1er janvier 1968 et réparti entre quatre départements – Paris, Hauts-de-Seine, Seine-Saint-Denis, Val-de-Marne.

3. *Alias* : adverbe utilisé devant un nom pour indiquer qu'il s'agit d'un pseudonyme (« autrement appelé », en latin).

4. *Néo-impressionniste* : pointilliste (qui peint par petites touches, par points de ton pur juxtaposés).

5. *Mansarde* : voir note 2, p. 47.

6. *Premier secrétaire de la nonciature apostolique* : collaborateur de l'archevêque accrédité comme ambassadeur du Vatican.

– Comme ça, fais-je, ils ont tous leur paquet. À se sauver, à ce qu'il semble, il n'y a que moi...

315 – Ah, vraiment ? fait Luccifredi avec une certaine ironie. Tu crois ça ! Et moi qui, fouille et fouille, pensais avoir péché une bagatelle aussi pour toi.»

Je feins la stupeur : «Pour moi, dis-tu ?

– Oui, excellent Serponella, tu t'en es tiré après l'attentat 320 de Lyon, quand tu as fait sauter la tribune des autorités... Mais un minuscule indice, tu l'as quand même laissé. L'Interpol[1] me l'a fourni et moi j'ai fouillé comme d'habitude... Et maintenant enfin nous y voici, moi commissaire Luccifredi, chef de la Garde mobile, et le cher ami Lucio Andreatta, *alias* 325 Luis Serponella, anarchiste terroriste de la vieille école... Crois-moi, cela m'ennuie vraiment de devoir t'arrêter, tu es tellement sympathique... Non, ne t'agite pas, ne te fais pas d'illusions, la maison est cernée par un double cordon d'agents... Avec le nettoyage qu'il y a à faire !

330 – Tu es en pleine forme, docteur Luccifredi, je lui réponds. Compliments, docteur Sandro Luccifredi, *alias* Carminé Nichiarico, n'est-ce pas ?»

Maintenant c'est lui qui fait le geste de se lever, il est devenu livide et le faisan aux câpres ne l'intéresse plus.

335 «Qu'est-ce que tu veux dire avec ce Nichiarico ?

– Nichiarico Carmine, fils de Salvatore, et je me mets debout, tueur de la bande Rossari, au moins trois homicides à charge...»

Il bouffonne : «Et je serais devenu chef de la Garde mobile 340 avec un passé aussi brillant ?

– Ben, moi aussi, dans mon petit coin, j'ai fouillé... Les inondations du delta du Pô[2]... ça ne te dit rien ? La mort

---

1. *Interpol* : organisation internationale qui assure la collaboration entre les polices nationales.
2. Le Pô est un fleuve de l'Italie du Nord.

héroïque du vice-commissaire Luccifredi emporté par les eaux, alors qu'il essayait de sauver une famille en danger…
345 Et deux jours plus tard, la réapparition inopinée du héros presque méconnaissable, le visage meurtri et blessé… Oui, je dois l'admettre, excellent Nichiarico, tu as été d'une habileté infernale… Maintenant, si tu le juges bon, tu peux appeler tes agents… »
350 Lui aussi se lève, il ne ricane plus comme avant.

« Beau coup, ami. Et il me tend la main. J'avoue que je ne m'y attendais pas. Beau coup. Il ne me reste qu'à te remercier pour le délicieux dîner.

– Tu attendras bien le café, j'espère. » C'est mon tour de
355 faire le malin.

« Merci, mais il vaut mieux que je retourne au bureau. Il y a une masse de travail en retard… À la revoyure, cher Serponella. Et amis comme avant. »

Trad. Michel Sager, *Les Nuits difficiles*.

Chez le médecin

Je suis allé chez le médecin pour la visite de contrôle semestrielle : habitude que j'ai prise depuis que j'ai passé la quarantaine.

Mon médecin est un vieil ami, Carlo Trattori, et aujourd'hui il me connaît à l'endroit et à l'envers.

C'est un après-midi traître et brumeux d'automne, le soir ne va pas tarder.

Dès que je suis entré, Trattori me regarde d'une certaine manière et sourit :

«Mais tu as une mine magnifique, vraiment. On ne te reconnaîtrait plus, si on se rappelait la figure tirée que tu avais il y a seulement deux ans.

– C'est vrai. Je ne me rappelle aucune période où je me sois senti aussi bien qu'en ce moment.»

D'habitude, on va chez le médecin parce qu'on se sent mal. Aujourd'hui, je suis venu chez le médecin parce que je me sens bien, très bien. Et j'en éprouve une satisfaction neuve, presque vindicative[1], en face de Trattori qui m'a toujours connu névrosé[2], anxieux, affligé des principales angoisses du siècle.

---

1. Presque vindicative : proche d'un sentiment de vengeance.
2. Névrosé : présentant des troubles affectifs et émotionnels.

20 Maintenant au contraire je vais bien. Depuis quelques mois, de mieux en mieux. Et plus jamais, le matin au réveil, quand la grise et funeste lumière métropolitaine filtre à travers les lames des persiennes, je n'ai formé des projets de suicide.

«Est-il nécessaire de t'examiner? dit Trattori. Cette fois-ci,
25 je mangerai mon pain à l'œil[1], à tes frais.

– Mais, puisque je suis venu...»

Je me déshabille, je m'étends sur la couchette, il prend ma tension, ausculte cœur et poumons, essaie les réflexes. Il ne parle pas. Je lui demande : «Et alors?»

30 Trattori hausse les épaules, il ne daigne même pas me répondre. Mais il me regarde, il m'observe comme s'il n'avait pas su ma figure par cœur. Et finalement :

«Dis-moi plutôt. Tes manies, tes bizarreries de toujours? Les cauchemars? Les obsessions? Jamais connu un type aussi
35 tourmenté que toi. Tu ne voudras quand même pas me faire croire...»

Je fais un geste catégorique.

«Place nette. Tu sais ce que ça veut dire, rien? Pas même un souvenir. Comme si j'étais devenu un autre...

40 – Comme si tu étais devenu un autre...», fait Trattori en écho, et, tout pensif, il scande les syllabes. Le noir, dehors, s'est épaissi. Bien qu'il ne soit pas encore cinq heures, l'obscurité s'installe lentement.

«Tu te rappelles, dis-je, quand à une ou deux heures du
45 matin je venais me défouler chez toi? Et tu m'écoutais attentivement, même si tu tombais de sommeil? À y repenser, j'ai honte. Quel idiot j'étais, je le comprends seulement maintenant, quel formidable idiot.

– Qui sait?
50 – Que veux-tu dire?

---

1. *À l'œil* : gratuitement.

– Rien. Plutôt, réponds-moi sincèrement : tu es plus heureux maintenant, ou avant ?

– Heureux ! Quel grand mot !

– Alors disons satisfait, content, serein.

55 – Mais certainement, je suis plus serein maintenant.

– Tu disais toujours qu'en famille, au travail, avec les gens tu te sentais toujours isolé et pas à ta place. Alors, ta belle aliénation[1] serait-elle finie ?

– C'est bien ça. Pour la première fois, comment dire ?…
60 voilà, je me sens finalement inséré dans la société.

– Eh bien, mon cher, compliments, Et il t'en vient un sentiment de sécurité, n'est-ce pas ? de conscience tranquille ?

– Tu te fiches de moi ?

– Pas le moins du monde. Et dis-moi : tu mènes une vie
65 plus régulière qu'avant ?

– Je ne saurais le dire. Peut-être oui.

– Tu regardes la télévision.

– Oui, presque tous les soirs. Irma et moi ne sortons presque jamais.
70 – Tu t'intéresses au football ?

– Tu riras si je te dis que je commence à devenir un fana.

– Et quelle est ton équipe ?

– L'Inter[2], naturellement.

– Et de quel parti es-tu ?
75 – Comment, de quel parti ?

– Quel parti politique, c'est clair ! »

Je me lève, je m'approche, je lui susurre un mot à l'oreille.

Lui : «Que de mystères ! Comme si ça ne se savait pas.

– Pourquoi ? Ça te choque ?
80 – Allons donc. Aujourd'hui, c'est une chose normale chez les bourgeois. Et l'auto ? Tu aimes conduire ?

---

1. *Aliénation* : sentiment d'être étranger à soi-même ou à la société.
2. *L'Inter* : équipe de football de Milan.

– Tu ne me reconnaîtrais plus. Tu sais quel escargot j'étais. Eh bien, la semaine dernière, de Rome à Milan, quatre heures dix. Chronométrées. Mais peut-on savoir le pourquoi d'un tel
85 interrogatoire ? »

Trattori enlève ses lunettes. Les coudes appuyés sur le buvard du bureau, il joint les doigts des deux mains ouvertes.

« Tu veux savoir ce qui t'est arrivé ? »

90 Je le regarde, interdit. Sans rien me montrer, Trattori aurait-il découvert les symptômes d'une maladie horrible ?

« Ce qui m'est arrivé ? Je ne comprends pas. Tu m'as trouvé quelque chose ?

– Une chose très simple. Tu es mort. »

95 Trattori n'est pas un plaisantin, surtout dans son cabinet médical.

Je balbutie : « Mort ? Comment cela, mort ? Une maladie incurable ?

– Pas la moindre maladie. Je n'ai pas dit que tu dois mourir.
100 J'ai dit seulement que tu es mort.

– Drôle de discours. Toi-même tu disais il y a un moment que je suis l'image de la santé ?

– Sain, oui. On ne peut plus sain. Mais mort. Tu t'es conformé, tu t'es intégré, tu t'es homogénéisé, tu t'es inséré
105 âme et corps dans le tissu social, tu as trouvé ton équilibre, la tranquillité, la sécurité. Et tu es un cadavre.

– Ah, tant mieux. C'est une allégorie[1], une métaphore. Tu m'avais fait une de ces peurs !

– Pas si allégorique que ça. La mort physique est un
110 phénomène éternel et au fond extrêmement banal. Mais il y a une autre mort, qui quelquefois est encore pire. L'abandon de la personnalité, le mimétisme par habitude, la capitulation

---

1. *Allégorie* : représentation imagée.

devant le milieu, le renoncement à soi-même... Mais regarde un peu autour de toi. Mais parle avec les gens. Mais ne te
115 rends-tu pas compte qu'au moins soixante pour cent d'entre eux sont morts ? Et le nombre augmente chaque année. Éteints, nivelés, asservis. Ils désirent tous la même chose, ils font le même discours, ils pensent tous la même chose, exactement la même. Ignoble civilisation de masse.

120   – Ce sont des histoires. Maintenant que je n'ai plus les cauchemars d'autrefois, je me sens bien plus vivant. Bien plus vivant maintenant quand j'assiste à une belle partie de football, ou quand j'écrase l'accélérateur à fond.

    – Pauvre Enrico. Et bénies tes angoisses[1] d'autrefois.»

125 J'en ai assez. Trattori a réussi à me porter vraiment sur les nerfs.

    «Et alors, si je suis mort, comment expliques-tu que je n'ai jamais si bien vendu mes sculptures que ces derniers temps ? Si j'étais aussi ramolli que tu le dis...

130   – Pas ramolli. Mort. Il y a aujourd'hui des nations entières qui ne sont faites que de morts. Des centaines de millions de cadavres. Et ils travaillent, construisent, inventent, se donnent un mal terrible, sont heureux et contents. Mais ce sont de pauvres morts. À l'exception d'une microscopique minorité
135 qui leur fait faire ce qu'elle veut, aimer ce qu'elle veut, croire en ce qu'elle veut. Comme les zombis des Antilles, les cadavres ressuscités par les sorciers et envoyés travailler aux champs. Et quant à tes sculptures, c'est précisément le succès que tu as et qu'autrefois tu n'avais pas qui démontre que tu es mort. Tu
140 t'es adapté, tu t'es mis aux mesures, tu t'es ajourné[2], tu t'es mis au pas, tu as coupé tes épines, tu as baissé le drapeau, tu as démissionné de ta folie, de ta révolte, de tes illusions. C'est

---

1. *Bénies tes angoisses* : bénies soient tes angoisses.
2. *Ajourné* : ici, mis au goût du jour.

pour cela qu'aujourd'hui tu plais au grand public, au grand public des morts.»

145 Je me lève d'un bond. Je n'y tiens plus.

«Et toi, alors ? lui demandé-je furieux. Comment se fait-il que tu ne parles pas de toi ?

– Moi ?» Il secoue la tête. «Moi aussi, bien sûr. Mort. Depuis des années. Comment résister, dans une ville comme
150 celle-ci ? Cadavre moi aussi. Il ne m'est resté qu'un soupirail[1]... peut-être par scrupule professionnel... un soupirail par lequel je réussis encore à voir.»

Maintenant il fait vraiment nuit. Et le beau brouillard industriel a la couleur du plomb. À travers les vitres, on réussit
155 à peine à distinguer la maison d'en face.

Trad. Michel Sager, *Les Nuits difficiles*.

---

1. *Soupirail* : petite ouverture pratiquée dans une pièce en sous-sol pour donner de l'air et de la lumière.

Quand descend l'ombre

Le jour même où il venait d'être nommé économe en chef de la firme, il arriva au comptable Sisto Tarra une étrange histoire. C'était un samedi, une tiède journée où brillait un soleil magnifique, et il se sentait dans de bonnes dispositions
5 d'esprit. Le but ardemment recherché pendant tant d'années était enfin atteint, en réalité il pouvait se considérer comme le véritable administrateur de l'entreprise ; mais, plus que cette promotion en elle-même, plus que les avantages financiers, ce qui le remplissait de joie, c'était de voir le triomphe auquel
10 avait abouti son patient travail diplomatique pour détrôner petit à petit le prestigieux Brozzi, son prédécesseur. Pendant des années, sans trêve, il était resté sur le qui-vive pour traquer ses moindres erreurs, en aggraver les conséquences, les rendre plus visibles aux yeux de ses supérieurs. Et il avait été d'autant
15 plus habile qu'il avait toujours pris en apparence la défense de Brozzi, si bien qu'il s'était taillé une réputation d'homme généreux et loyal.

Tarra habitait seul dans une petite maison à deux niveaux, sur une avenue de la cité-jardin, au-delà des portes de la
20 ville. Après avoir pris son petit déjeuner, il s'était assis dans son cabinet de travail, réfléchissant à la façon dont il allait

employer le vide de son après-midi, lorsqu'il entendit, juste au-dessus de sa tête, au plafond, un bruit de pas probablement humains.

25   Peut-être qu'en des temps reculés, lorsqu'il était encore enfant, ce bruit aurait éveillé en lui de mystérieuses peurs des esprits. Peut-être que par une autre journée, journée de pluie ou journée de fatigue, il aurait pensé à des voleurs et son cœur aurait battu plus fort dans sa poitrine. Mais aujourd'hui il
30   était trop serein, le soleil était trop limpide, les perspectives à venir étaient trop plaisantes. Sisto, avec l'extrême rationalité qui le caractérisait, exclut toute hypothèse néfaste et supposa la présence de rats, de grosses bestioles qui pouvaient imiter des pas humains. Il voulut aller voir quand même.

35   Il gravit les escaliers, ouvrit la porte, entra dans le grenier abandonné où filtrait par les interstices des tuiles (et par quelques petits soupiraux[1] en demi-lune) une lumière calme et diffuse, il regarda autour de lui et vit un enfant debout occupé à fouiller dans une caisse. «Ce ne sont donc pas des
40   rats, se dit Tarra sans en être le moins du monde perturbé, mais un petit voleur inconnu.» Et il s'apprêtait à l'affronter lorsque le petit garçon tourna la tête, si bien que leurs regards se rencontrèrent.

Sisto s'était immobilisé, cloué de stupeur. Mais il le
45   connaissait, ce garçon, bon Dieu, s'il le connaissait! Cette coupure à peine cicatrisée sous l'œil, il savait qu'elle résultait d'une chute dans le jardin. Ce petit costume bleu, cette ceinture de cuir brillant, oh, comme il se les rappelait bien! Et il était en train de se demander où il avait bien pu les voir
50   quand, tout à coup, il comprit : cet inconnu, c'était lui-même. Sisto Tarra, enfant. Personne d'autre que lui, Sisto, à l'âge de onze ou douze ans.

---

1. *Soupiraux* : voir note 1, p. 80.

D'abord ce fut juste une impression, mais tellement stupide qu'il y avait de quoi rire. Puis, quand le garçon se fut tourné vers lui, Tarra le reconnut parfaitement, sans erreur possible : c'était vraiment lui, Sisto, enfant.

Tarra n'était pas du genre à se laisser facilement impressionner. Et pourtant il ressentit tout à coup une grande timidité, comme lorsque le directeur général le faisait appeler pour un entretien. Il lui semblait qu'il n'était plus capable de bouger et il fixait, abasourdi, sa propre image vivante d'il y avait trente-cinq ans.

Il y eut un silence et l'on entendait seulement la respiration de Sisto, les piaillements d'un moineau sautillant sur le toit, un bruit lointain d'automobile, tandis que par les interstices des tuiles et par les petits soupiraux une lumière jaunâtre se diffusait sur les vieux livres entassés dans les coins, sur les miroirs brisés, les lits défoncés, les cadres vides, les rebuts de toute une famille.

Mais, dans l'intervalle, l'expert-comptable Sisto Tarra avait complètement repris le contrôle de lui-même, ce contrôle dont il était d'habitude si fier, et d'une voix froide il demanda (bien qu'au fond de lui-même il le sût parfaitement) :

«Qui es-tu ? Comment as-tu fait pour entrer ici ?

– Les jouets, répondit évasivement l'enfant d'une voix faible et fatiguée, comme celle d'un malade. Ils doivent être dans cette caisse, les jouets.

– Les jouets ? Il n'y a pas de jouets ici !» fit Tarra dont le courage revenait bien vite parce qu'il commençait à apprécier le côté intéressant d'un tel dialogue pour deux raisons ; tout d'abord, le garçon ne l'avait pas reconnu, ce qui lui donnait à lui, Sisto, un net avantage ; et puis il savourait par avance le moment où lui, Tarra, allait révéler son identité ; et l'enfant resterait abasourdi devant quelque chose d'aussi merveilleux, se découvrant devenu si grand, si riche et si influent.

Mais le garçon insistait : «Mais si, ils sont là! On les a mis dans cette caisse, j'ai déjà trouvé le Meccano!

– Ah, le Meccano! répéta Tarra avec la condescendance débonnaire[1] que les personnalités, en public, adoptent hypocri-
90 tement face à des enfants. Tu l'aimes bien, le Meccano?»

«Trente-cinq ans, pensait-il pendant ce temps, quel chemin parcouru!» Il l'avait vraiment bien employée, sa vie! Quel gouffre séparait maintenant ce petit garçon niais et peureux de lui-même, l'expert-comptable Tarra, solidement implanté
95 dans le monde, respecté et craint, qui traitait sans sourciller des affaires de plusieurs millions. «Quel cadeau spectaculaire recevra cet enfant, pensait-il, dans quelques instants, quand il apprendra comme il a réussi dans la vie!»

Le petit garçon toutefois continuait à le regarder avec
100 une perplexité méfiante, il ne paraissait plus s'intéresser aux jouets.

«Et Sisto? demanda-t-il au contraire, toujours avec ces intonations d'enfant malade. Où est-il maintenant Sisto? Il habite toujours ici? Tu le connais?

105 – Si je le connais! fit Tarra, souriant de sa propre plaisan-terie. Nous habitons ensemble, et depuis pas mal d'années encore!

– Et comment est-il? Que fait-il maintenant?

– Oh, c'est devenu quelqu'un d'important, Sisto, et son
110 sourire allait s'élargissant.

– Important? demanda encore l'enfant dont le visage s'éclairait. Et que fait-il? Il est devenu général?

– Général? Et pourquoi général? Ça te plairait, à toi, qu'il soit général?» «Quels goûts stupides, pensait-il en même
115 temps, on voit bien qu'il est encore niais.»

«Oh oui, moi, ça me plairait! répondit le garçon.

---

1. Condescendance débonnaire : supériorité bienveillante.

– Bien, continua Sisto d'une voix plus froide. Il n'est pas général, mais il a fait son chemin quand même.

– Il est explorateur, alors ? »

«Quelles sottises ! » pensa encore Sisto, se demandant s'il ne valait pas mieux écourter la discussion. Mais le désir de se faire admirer l'aiguillonnait[1].

«Non, il n'est pas explorateur, dit-il. Les explorateurs, ça n'existe plus que dans les livres. Mais il y a des choses plus importantes dans ce monde.

– Et que fait-il alors ? Il est ministre, peut-être ? »

« C'est déjà mieux», pensa alors Tarra en voyant l'enfant s'acheminer vers des idées moins puériles. Et il répondit :

«Ministre, pas tout à fait. Mais il a une très bonne position. Tu peux être content de lui.»

L'enfant le regarda avec confiance, attendant ses explications. On entendait plusieurs moineaux piailler sur le toit, une voix de femme en bas dans la rue, le tintement d'une cloche venu d'on ne sait où.

«Il est économe en chef, dit finalement Tarra en détachant les mots. Économe en chef de la firme Troll, la première maison d'exportation d'Italie.»

Le garçon ne sembla pas comprendre. «Économe en chef», cela ne lui disait pas grand-chose. Ses yeux scrutaient toujours ceux de Tarra, pleins d'interrogation, mais ils brillaient peut-être moins, obscurcis par un léger voile de déception.

«Qu'est-ce que ça veut dire ? demanda-t-il. Il fait des comptes, peut-être ?

– Des comptes aussi, admit Tarra, que ce peu de compréhension irritait. En pratique, c'est un des patrons.

– Il est riche, alors ? » Cet aspect de la question semblait plaire au garçon.

---

1. *L'aiguillonnait* : le stimulait.

«Ma foi, plutôt : oui, il est plutôt riche, répondit Sisto, et le sourire de tout à l'heure reparaissait. En gros, il n'a pas à
150 se plaindre.

– Comme ils doivent être beaux, les chevaux !

– Les chevaux ?

– Je dis qu'il doit avoir de beaux chevaux, s'il est riche.»

L'expert-comptable secoua la tête, comme si la stupidité de
155 ce gamin le démoralisait. Et il dit, pour ne pas se montrer trop dur : «Oh non ! maintenant on n'utilise plus de chevaux.»

Une nouvelle idée, pendant ce temps, était venue à l'esprit du garçon, qui ne se préoccupa plus des chevaux et demanda :
160 «Mais raconte-moi, à quoi il ressemble Sisto maintenant ? Comment est-il devenu ?

– Ah, il est devenu grand, répondit Tarra, éprouvant une autosatisfaction de plus en plus marquée pour la présence d'esprit qu'il manifestait. Grand comme moi, à peu près.
165 – Mais il est beau ? Dis : il est beau ?

– Beau ? Je ne sais pas. Chez les hommes, on ne regarde pas la beauté. Certains disent pourtant que c'est un bel homme !

– Et il porte la barbe ?

– La barbe, non ; deux petites moustaches, un peu comme
170 les miennes. À l'anglaise, disent certains.»

La lumière qui filtrait dans le grenier à travers les interstices des tuiles et les soupiraux en demi-lune, d'abord jaunâtre, était tout à coup devenue grise. Un nuage devait avoir grandi dans le ciel au point de cacher le soleil.
175 «Et ses prières ? demanda tout à coup le garçon, parlant toujours de Sisto. Il dit toujours ses prières le soir ?»

« Le voilà reparti avec ses inepties[1]», se dit Tarra agacé ; était-il vraiment possible que ce petit soit lui, lui en personne,

---

1. *Inepties* : bêtises.

même trente-cinq ans plus tôt? Était-il possible qu'il soit si
180 différent? Cela lui paraissait absurde, presque honteux, d'être
la continuité de cet enfant-là.

«Plus maintenant, non, mon cher, répondit-il presque
sur un ton de défi rageur. Pourquoi veux-tu qu'il dise ses
prières? À un certain âge, on ne les dit plus. Il n'y a que les
185 femmes...

– Mais il les sait toujours? Il s'en souvient?

– Je ne saurais pas te dire... Il faudrait le lui demander,
mais ce sera difficile.

– Et si un jour il en a besoin? Qu'est-ce qu'il va faire s'il
190 en a besoin?

– Besoin de prières? Et pourquoi donc aurait-il besoin de
prières?»

Le petit le regarda avec perplexité, comme si on l'avait
grondé injustement.

195 «Et ses enfants? demanda-t-il. Ils habitent ici ses enfants?

– Sisto n'a pas d'enfant, fit Tarra sèchement. Qui t'a fourré
dans la tête qu'il avait des enfants?

– Pas d'enfant? Même pas un seul?

– Mais non; forcément, il n'est même pas marié, Sisto.»

200 On entendait maintenant un nouveau bruit, une sorte de
gémissement sourd qui passait comme une vague, d'avant en
arrière, sur les tuiles: la voix du vent. Le grenier avait rapidement sombré dans l'obscurité et cela ne pouvait pas s'expliquer par la seule présence d'un nuage devant le soleil, aussi
205 dense et noir fût-il; il fallait admettre que le soir était bel et
bien en train de tomber et que, de façon inattendue, déréglant
le cours normal des heures comme cela ne s'était jamais vu,
la nuit approchait.

Le garçon avança alors timidement d'un pas, pointant son
210 index sur l'homme, et sa voix devint encore plus faible:

«C'est toi, non? demanda-t-il avec anxiété. Dis-moi la vérité, c'est toi Sisto?»

Le petit avait donc fini par comprendre : il s'était rendu compte que ce monsieur proche de la cinquantaine n'était pas n'importe qui, mais bel et bien lui-même, tel que les années l'avaient transformé. La voix du gamin tremblait, pour une raison qui n'appartenait qu'à lui.

La voix du gamin tremblait, l'expert-comptable Tarra au contraire sourit, relevant les épaules pour paraître encore plus imposant.

«Lui-même, en personne, confirma-t-il. Tu ne l'avais pas encore compris ?

– … avais pas encore compris ?… répéta machinalement, comme en écho, le garçon, sans même entendre le son de ses paroles, les pupilles dilatées dans la pénombre.

– Tu es content, non ? Dis-moi, allez, dis ! Tu es content de cette réussite ? »

Mais pourquoi ce stupide gamin ne souriait-il même pas ? Pourquoi ne se jetait-il pas sur lui pour lui faire la fête ? Peut-être n'avait-il pas encore bien compris ? Ou bien il croyait à une blague et il restait sur sa réserve par peur de la déception ?

Non, l'enfant avait parfaitement compris et il regardait Sisto avec une expression d'intense amertume, comme s'il avait espéré un beau cadeau et qu'il avait découvert une bricole de rien du tout. D'un pas incertain, il s'avançait, traversant le grenier enténébré, vers cet homme qu'il aurait voulu ne pas connaître, il regardait fixement ce visage sec, ces yeux froids de poisson, ces lèvres fines et dures, il examinait le col amidonné qui montait haut, l'épingle de cravate qui représentait la tête d'un lion, le costume noir convenable à l'excès, et il en toucha de la main un morceau.

«Regarde la belle montre, dit Sisto Tarra pour mettre le gamin en confiance, et il sortit son chronomètre de précision. Je l'ai achetée en Suisse, il y a un mécanisme pour faire sonner les heures.»

Il appuya sur un petit bouton et l'on entendit, dans le silence de plomb, tinter un faible carillon métallique. Un, deux, trois, quatre, cinq, six.

Six heures du soir? Pas possible. Tarra sentit d'obscures palpitations lui serrer la poitrine. Il lui semblait que la discussion avec l'enfant n'avait pas duré plus de dix minutes, mais la montre et l'obscurité envahissante prouvaient que la nuit arrivait. Le soleil avait dévoré sa course, comme par haine envers lui, Sisto. Lorsque la faible sonnerie s'éteignit, on entendit le vent dehors se lamenter en rasant les murs.

«C'est beau, murmura l'enfant sans conviction, en examinant la montre. Mais montre-moi tes mains.»

Il prit dans la sienne la main droite de Tarra, la tira à lui pour mieux la voir, la regarda longtemps. Et cela paraissait inconcevable, une chose très triste, que cette main poilue et massive, ravinée de profonds sillons, aux phalanges saillantes, aux ongles rouges et jaunâtres, ait pu être aussi petite, tendre et blanche que celle de l'enfant.

«Et qu'est-ce qu'il a, ton œil?» demanda encore l'enfant en levant les yeux vers le visage de Tarra. Sisto, depuis quelques années, à la suite d'une parésie rhumatismale[1], avait la paupière droite à demi fermée, et cela lui donnait une expression ambiguë.

«Mais si, pourquoi tu le gardes fermé? insista l'enfant, puisque l'autre ne lui répondait pas.

– Rien, j'y vois très bien», fit Tarra qui sentait monter en lui une colère triste. Comme il faisait noir dans ce grenier! Et aucun son n'arrivait plus de l'extérieur. Dans les angles

---

1. Parésie rhumatismale : paralysie légère causée par un rhumatisme.

275 tout autour, là où la pente du toit et le sol se rejoignaient, les
ombres prenaient par bandes entières possession des lieux.

«Mais quelle malheureuse idée j'ai eue de monter jusqu'ici!
se dit Tarra, Mais pourquoi cet enfant odieux me regarde-t-il
de cette façon? Et qu'est-ce que j'ai à voir avec lui, somme
280 toute?» Le garçon le détestait, cela se voyait très bien.

«Tu ne m'imaginais pas comme ça, hein? fit Sisto dans les
ténèbres grandissantes, d'une voix rauque, pleine d'inimitié[1].

– Je ne sais pas, je ne sais pas…» bredouilla l'enfant gagné
par la peur, avec un mouvement de recul. Il ne dit rien de plus
285 mais on percevait quand même sa déception.

«Qu'est-ce que tu t'étais mis en tête? Qu'est-ce que tu
croyais que tu allais devenir? Tu voulais me voir avec un
uniforme de général? ou avec une mitre[2] d'évêque? pesta-
t-il, mais il essayait toujours de se dominer. Je ne sais pas
290 pourquoi tu fais cette tête-là! Tu pourrais remercier le ciel, il
me semble. Tu n'es pas satisfait, hein? Elles ne te plaisent pas,
mes mains, hein?»

Il savourait maintenant la joie d'inspirer la peur, de voir
l'enfant insolent terrorisé. Mais l'autre avait rapidement fait
295 marche arrière et on ne le voyait pratiquement plus, tant il
faisait sombre.

«Sisto!» Pour la première fois le comptable prononça
son propre prénom, qui résonna de manière désagréable et
funeste à ses oreilles. «Sisto, où es-tu?… Je dois te montrer
300 mes timbres, j'ai une collection superbe», ajouta-t-il d'un ton
mielleux[3], pour que l'enfant ne cherchât pas à s'enfuir.

Il traversa le grenier, prenant garde de ne pas trébucher
sur les poutres qui passaient au milieu; arrivé au fond, il se

---

1. *Inimitié* : animosité.
2. *Mitre* : haute coiffure triangulaire de cérémonie portée notamment par
les évêques.
3. *Mielleux* : douceâtre.

pencha pour explorer les coins assombris, il regarda autour de lui, il se sentait de plus en plus agité. Le garçonnet semblait s'être évaporé.

«Sisto, Sisto!» fit-il encore, à voix basse car le son de sa propre voix commençait à le mettre mal à l'aise. Mais personne ne répondit. L'image du passé s'était dissoute dans l'ombre, et dans le grenier il ne restait plus que l'expert-comptable Sisto Tarra, quarante-sept ans, assailli par des pensées inquiètes.

Seul, dans le grenier noir. La nuit l'avait surpris comme il n'aurait jamais imaginé que ce fût possible. Il pensa très fort à sa carrière, à sa promotion, à la nouvelle charge qui était la sienne, mais tout cela ne lui disait plus rien. En vain cherchait-il à retrouver la satisfaction qu'il éprouvait quelques heures plus tôt. «Comme ils doivent être beaux, les chevaux, beaux, les chevaux... même pas un seul même pas un seul...» Il entendait encore la voix du gamin qui murmurait tout autour de lui, venue des recoins obscurs. Il lui vint à l'esprit que dehors la nuit était déjà là, dehors l'existence des hommes continuait, des milliers de créatures occupées à vivre, qui ignoraient qui était Sisto Tarra : des hommes et des femmes disséminés à la surface de la terre qui travaillaient et souffraient ensemble, mêlés les uns aux autres pour former des foules, noyés au sein des villes, médiocres et abjects, peut-être, mais pas seuls. Pas seuls comme lui qui avait toujours méprisé leur vie et s'était peu à peu éloigné d'eux en prétendant pouvoir tout faire sans l'aide de personne. Et il commençait à sentir poindre un doute, comme une minuscule lueur : il s'était peut-être trompé sur toute la ligne, il y avait peut-être d'autres choses au monde que la place qu'il occupait au bureau, les fonctions, les salaires, la société anonyme Troll; des choses qu'un jour, désormais très lointain, il avait entrevues, des bêtises bien sûr, des fantaisies dénuées de sens, et que, entraîné dans le tourbillon du labeur quotidien, il avait laissées partir.

Ce fut tout d'abord un vague sentiment, puis il fut pris d'un désir violent et irraisonné comme une soif qu'il lui faudrait étancher : pouvoir revenir en arrière, redevenir à
340 nouveau enfant, recommencer tout de zéro ; et recommencer d'une façon radicalement différente, tout : le métier, les amis, la maison, même les vêtements, même le visage. Et c'était terrible de penser qu'il était désormais trop tard, que l'ombre l'avait surpris et qu'il n'y aurait jamais plus possibilité d'y
345 remédier. Dans la lumière agonisante du crépuscule, celle où lentement la nuit superpose un à un ses voiles, l'expert-comptable Sisto Tarra, avançant à tâtons pour ne pas se cogner contre les poutres, chercha la porte qui lui permettrait de sortir. «Sottises, sottises», murmurait-il en se concentrant sur
350 ces mots pour renouer avec la solide et réconfortante réalité de la vie ; mais cela ne suffisait pas. Il entendit sur les tuiles des petits coups légers, à intervalles de plus en plus rapprochés, une musique paisible : les nuages avaient dû envahir le ciel et il pleuvait.

Trad. Delphine Gachet, *Nouvelles oubliées*.

Une lettre d'amour

Enrico Rocco, trente et un ans, gérant d'une société commerciale, énamouré, s'était enfermé dans son bureau : « Elle » occupait à tel point son esprit, avec tant de violence, d'émoi, d'angoisse, qu'il avait fini par trouver le courage
5 nécessaire : par-delà tout orgueil, toute pudeur, il allait lui écrire.

« *Chère mademoiselle…* » commença-t-il et, à la simple idée que ces quelques signes tracés sur le papier par sa plume seraient vus par elle, son cœur se mit à battre à coups redou-
10 blés. « *Charmante Ornella, mon Délice, mon Âme adorée, Lumière de mes yeux, Feu qui me dévore et me consume, Obsession de mes nuits, Joie, ma Folie, mon Amour…* »

À ce moment, entra Ermete, le petit coursier : « Pardonnez-moi, monsieur Rocco, il y a là un monsieur qui vient d'arriver
15 pour vous voir. Voilà… (il jeta un coup d'œil sur le bristol qu'il tenait à la main) son nom, c'est Manfredini.

– Manfredini, dis-tu ? Jamais entendu parler. D'ailleurs, je n'ai pas le temps maintenant, j'ai un travail urgentissime à terminer. Qu'il revienne demain, ou plus tard…
20 – Je crois bien, monsieur Rocco, je crois que c'est votre tailleur. Il est venu pour l'essayage.

– Ah, Manfredini! Bon, eh bien : dis-lui quand même de revenir demain...

– Oui, monsieur, mais il m'a dit que c'était vous qui lui
25 aviez demandé de venir.

– C'est vrai, c'est vrai... (un soupir)... alors, amène-le-moi mais préviens-le de se dépêcher ; deux secondes, pas plus ! »

Manfredini entra avec le costume. Un essayage, façon de parler : la veste retirée à peine enfilée, laissant au tailleur
30 à peine le temps d'y faire deux ou trois traits avec sa craie. « Vous voudrez bien m'excuser, n'est-ce pas ? Mais j'ai sur les bras un travail de première urgence... Aussi, à vous revoir, monsieur Manfredini. »

Il retourna en hâte à son bureau, se remit à écrire. « *Âme*
35 *sacrée, créature du bon Dieu, où es-tu en ce moment? Que fais-tu? Je pense à toi avec une telle force qu'il est impossible que mon amour ne parvienne pas à te toucher, même si tu es à tel point éloignée de moi, à cet autre bout de la ville qui me semble une île au milieu des océans...* » (« Comme c'est
40 étrange ! se disait-il dans le même temps. Comment expliquer qu'un homme rationnel comme je suis, un administrateur industriel responsable, soit soudain capable de coucher sur le papier des choses de cet acabit ? Ne serait-ce pas une sorte de délire, de folie ? »)

45 Sur ces entrefaites, le téléphone se mit à sonner. Ce fut comme si une perforeuse lui taraudait l'échine[1]. Il décrocha.

« Allô !

– Bonsoaaaar... », fit une voix de femme avec un langou-reux miaulement. « Mais quelle rudesse pour me répondre...
50 Dis-moi : à ce qu'il semble je tombe mal, n'est-il pas vrai ?... – Qui est à l'appareil ? – Oh, mais tu es vraiment impossible ce matin, ne crois-tu pas que... – Qui est à l'appareil ? reprit-il

---

1. *Lui taraudait l'échine* : lui perforait le dos.

sèchement. – Attends du moins que je te...» Il raccrocha, reprit son stylo.

55 «*Vois-tu, mon amour : dehors il y a du brouillard. Un brouillard épais, humide, glacial même, chargé de miasmes délétères[1]... Peux-tu pourtant imaginer que je l'envie ? Oui, te douterais-tu que je suis prêt à faire imméd...*»

Drinn, le téléphone. Comme une décharge de deux cent 60 mille volts dans les nerfs. «Allô ! Mais enfin, Enrico...» C'était la voix de tout à l'heure. «Je suis venue en ville uniquement pour te voir, et toi...»

Il fit la grimace, accusant le coup : c'était Franca, sa cousine, brave fille s'il en était, et même plutôt mignonne, 65 mais qui s'était mis en tête depuis quelques mois de lui faire la cour, allez savoir pourquoi... Les femmes, ah les femmes ! ce n'est pas pour rien qu'elles sont réputées toujours vouloir se fabriquer d'invraisemblables romances. Il n'en restait pas moins qu'il lui était difficile de la renvoyer dans sa province.

70 Il tint bon pourtant. N'importe quoi, pourvu qu'il puisse terminer cette lettre ! C'était le seul moyen de calmer le feu qui brûlait en lui : en écrivant à Ornella, il lui semblait qu'il parvenait à se faufiler dans sa vie, elle allait peut-être lire son message jusqu'au bout, elle allait peut-être sourire, elle allait 75 peut-être garder cette lettre dans son sac, la feuille sur laquelle il était en train de tracer ces phrases insensées se trouverait peut-être bientôt au contact de ces merveilleux petits objets parfumés et délicats qui n'appartenaient qu'à elle, son rouge à lèvres, son mouchoir finement brodé, et toutes ces babioles 80 énigmatiques chargées d'une troublante intimité. Et maintenant, voici la Franca qui lui tombait dessus !

«Dis-moi, Enrico..., continuait la voix traînante. Veux-tu que je vienne te chercher à ton bureau ? – Non, non, merci.

---

1. *Miasmes délétères* : gaz asphyxiants.

Pardonne-moi, mais j'ai pris un retard énorme dans mon
85 travail... – Oh, pas la peine de donner des raisons, si cela te
gêne admettons que je n'aie rien dit. Au revoir. – Ne prends
pas la mouche! Je te dis que je suis occupé, c'est tout. Mais tu
peux venir plus tard... – Oui? Alors quand? – Heu... viens...
disons dans deux heures...»

90   Il raccrocha rageusement. Il lui semblait avoir perdu un
temps irrécupérable; sa lettre devait être postée avant qu'il
soit une heure de l'après-midi, sinon elle n'arriverait à desti-
nation que le lendemain. Oui, il lui fallait s'arranger pour ne
pas se trouver contraint de l'envoyer par express.

95   «... *prêt à faire immédiatement l'échange*, se remit-il à
écrire. *Quand je pense que le brouillard recouvre totalement
ta maison, qu'il ondoie devant ta chambre et que s'il avait des
yeux – mais qui sait? peut-être bien que le brouillard peut voir
lui aussi – il aurait tout loisir de te contempler par la fenêtre. Et*
100 *ce serait bien le diable s'il n'y avait quelque fissure, un minuscule interstice par lequel il pourrait se faufiler. Oh, un simple
souffle, une menue bouffée, une brise infime, un rien de coton
impalpable venant te caresser... Si peu que ce soit, cela suffirait
au brouillard; si peu que ce soit, cela suffirait à l'am...»*

105   Le petit Ermete était à nouveau dans l'encadrement de
la porte. «Excusez-moi mais... – Je te l'ai déjà dit: je suis
débordé de travail, je n'y suis pour personne! Demande qu'on
revienne demain. – Mais... – Mais quoi? – C'est le *commendatore*[1] Invernizzi, il vous attend en bas, dans sa voiture.»

110   Malédiction! Invernizzi: le constat de l'assurance pour
le magasin où il y avait eu un commencement d'incendie, le
rendez-vous avec les experts, misère de misère! il n'y pensait
plus, il l'avait totalement oublié. Et pas moyen d'y échapper...

---

1. *Commendatore*: «commandeur» en italien, titre honorifique, provenant
d'un ordre de chevalerie.

Cette douleur qui le tourmentait, lui brûlait la poitrine
115 (là : au plexus) était devenue intolérable… Pourquoi ne pas
se prétendre malade ? Impossible. Alors, tenir sa lettre pour
terminée ? Mais il lui restait encore tant et tant de choses à dire,
des choses d'une importance capitale. Découragé, il remit sa
feuille de papier dans un tiroir. Il prit son manteau et en route.
120 Il ne restait qu'à tenter de faire vite. Si Dieu le voulait bien, il
pouvait espérer être de retour dans une demi-heure.

Quand il revint, il était une heure moins vingt. Il entrevit
du coin de l'œil trois ou quatre personnes assises dans la salle
d'attente. Il courut s'enfermer dans son bureau, s'assit devant
125 sa table, ouvrit le tiroir : la lettre n'y était plus.

Le tumulte qui s'empara de son cœur lui coupa presque le
souffle. Qui pouvait avoir fouillé dans son bureau ? À moins
qu'il ne se soit trompé ? Il ouvrit frénétiquement un à un tous
les tiroirs.

130 Ouf. Il s'était trompé. La lettre se trouvait bien là. Mais
il n'était plus question de la poster avant l'heure fatidique.
Il pouvait encore s'en tirer – et les réflexions, les supputations[1] (pour une opération aussi simple, aussi banale même)
se bousculaient, se chevauchaient tumultueusement dans sa
135 tête, le faisant balancer sans cesse entre l'alarme et l'espérance –, il pouvait encore s'en tirer s'il l'expédiait par express
à temps pour qu'elle soit distribuée à la dernière tournée du
soir, ou bien… mieux encore, s'il la faisait porter directement
par Ermete, non, non ! mieux valait ne pas impliquer son petit
140 coursier dans une affaire aussi délicate : il irait donc porter
lui-même cette lettre.

« … *cela suffirait à l'amour,* reprit-il, *pour oblitérer l'espace
et surp…* »

---

1. *Supputations* : hypothèses.

Drinn, drinn… toujours ce maudit téléphone rageur. Sans
145 même lâcher son stylo désormais, il prit le combiné de la
main gauche.

«Allô! – Allô, ici le secrétaire de Son Excellence Tracchi…
– Oui, je vous écoute! – C'est à propos de cette licence
d'importation de câbles d'a…»

150 Coincé. Il s'agissait d'une affaire de première importance,
dont tout son avenir professionnel pouvait dépendre. La
conversation dura vingt minutes.

«… *surpasser la muraille de Chine. Ah, ma très chère Orn…*»

À nouveau le petit coursier se présenta sur le pas de la
155 porte. Il l'agressa presque. «Est-ce que tu finiras par comprendre que je ne peux recevoir personne? – Mais, c'est l'insp…
– Personne, persoooonne! se mit-il à hurler. – … l'inspecteur
des contributions qui vient pour son rendez-vous…»

Il sentit ses forces l'abandonner. Renvoyer l'inspecteur
160 aurait été une véritable folie, une espèce de suicide, la ruine.
Il le reçut donc.

Il est maintenant une heure trente-cinq. Cela fait trois
quarts d'heure que la cousine Franca attend dans la pièce
d'à côté. Sans parler de Stoltz, l'ingénieur, qui est venu tout
165 exprès de Genève! Et aussi maître Messumeci, l'avocat des
dockers. Et puis enfin l'infirmière, venue pour lui faire sa
piqûre quotidienne.

«*Ah, ma très chère Ornella…*» Il s'est jeté sur sa feuille
de papier avec la frénésie désespérée du naufragé totalement
170 perdu au milieu des vagues monstrueuses de la houle.

Le téléphone. «Allô, ici le commandant Stazi, du ministère
du Commerce…» Le téléphone. «Allô, ici le secrétaire de la
Confédération syndicale…»

Il écrit. «*Oh, ma délicieuse Ornella : je voudrais tant que*
175 *tu sa…*»

Le petit commis dans l'entrebâillement de la porte, annonçant le professeur Bi, sous-préfet.

«... *que tu saches comb...*»

Le téléphone. «Allô, ici le commandant en chef du haut
180 état-major...» Le téléphone. «Allô, ici le secrétaire particulier
de Son Éminence l'archevêque...»

«... *combien, quand je t'ai v...*» Il se sent épuisé, à bout
de souffle.

Drinn, drinn, le téléphone. «Allô, ici le premier secrétaire
185 de la cour d'appel... – J'écoute, j'écoute!» «Allô, ici le Conseil
d'État, le sénateur Cormorana en personne. – J'écoute,
j'écoute!» «Allô, ici le premier aide de camp de Sa Majesté
l'empereur...»

Bousculé, renversé, emporté par les flots.

190 «Allô, j'écoute. Oui, c'est moi. Merci, Votre Excellence, je
vous suis vraiment très obligé[1]... Mais bien sûr, immédiatement, mon général... Je vais m'en occuper sans tarder, merci
infiniment... Allô, j'écoute!... Évidemment, Votre Majesté,
sur-le-champ, Votre Majesté, je me prosterne à vos pieds, Votre
195 Majesté...» (son stylo, abandonné, roule lentement jusqu'au
bord de la table, s'arrête un instant en équilibre puis tombe à
pic, brise sa plume, s'arrête enfin). «Je vous en prie, asseyez-
vous, mais bien sûr, mettez-vous à votre aise, non, si vous
permettez : vous serez mieux dans ce fauteuil-ci, qui est bien
200 plus confortable, mais quel honneur inespéré! vraiment,
franchement merci... Un café? une cigarette?...»

Combien de temps dura cette tornade? Des heures, des
jours, des mois, des millénaires? Quand tomba la nuit il se
retrouva seul, enfin.

205 Mais, avant de quitter la pièce, il voulut remettre un peu
d'ordre dans ce tombereau de paperasses, de dossiers, de

---

1. *Obligé* : redevable.

comptes rendus, de protocoles, d'études qui s'étaient accumulés sur son bureau. Tout en dessous de cette énorme pile, il trouva une feuille de papier à lettres sans en-tête, écrite à la
210 main. Il reconnut sa propre écriture.

Intrigué, il lut. «Quelles stupidités! Quels ridicules enfantillages! Qui sait quand j'ai pu les écrire?» se demanda-t-il, cherchant en vain à rameuter ses souvenirs, avec une pénible sensation de désarroi jamais encore éprouvée. Et il se passa
215 une main dans les cheveux devenus désormais d'un gris argenté. «Mais vraiment, quand ai-je pu barbouiller de telles inepties[1]? Et d'ailleurs : qui était cette Ornella?»

Trad. Michel Breitman, *Panique à la Scala*.

---

1. *Inepties* : voir note 1, p. 86.

Escorte personnelle

Hors les murs, à quelques dizaines de mètres de l'ancienne barrière de l'octroi[1], il y a quelqu'un qui m'attend.

Je le vis pour la première fois il y a des années de cela, quand j'étais enfant. Pour m'amuser, j'avais grimpé sur les vieux remparts de la ville où j'habitais; de là-haut, je vis un homme vêtu de gris, au milieu d'un pré, qui me fixait avec intérêt. Comme il se trouvait à au moins quatre cents mètres de moi, je ne pouvais pas distinguer s'il était jeune ou vieux, beau ou laid, pauvre ou noble. Il avait à la main une petite canne et on aurait dit qu'il était en train de se promener et s'était arrêté pour me regarder. Pour monter tout en haut de l'enceinte, il fallait escalader un bastion[2] très raide, à demi en ruine. Je m'imaginai donc que l'inconnu me regardait avec une certaine admiration. Flatté, de la main, je lui adressai un signe de salut. Il leva alors son bâton et l'agita doucement, comme pour signifier qu'une vague complicité nous unissait : curieuse impression. Non loin de là, dans les champs autour du faubourg, on pouvait voir des roulottes de gitans. Si bien

---

1. *Barrière de l'octroi* : lieu situé à l'entrée d'une municipalité, où était perçu l'octroi, un droit d'entrée sur les marchandises de consommation locale.
2. *Bastion* : fortification.

que je fus pris d'un doute : et si c'était un gitan qui voulait
20 m'enlever ? Cependant l'heure était si douce et paisible, le
soleil de l'après-midi, pourtant blafard, était tellement tiède,
l'homme d'une apparence tellement inoffensive qu'une
crainte pareille ne pouvait perdurer. Mais à la banale crainte
de l'enlèvement se substitua une pensée qui pour moi était
25 aussi nouvelle qu'inquiétante, et que je ne réussirais jamais à
m'expliquer : un peu comme si j'avais découvert que, à côté
de la famille, de l'école, des amis, il y avait une autre portion
de vie, jusque-là insoupçonnée, mais qui était tout autant
mienne et qui m'attendait.
30 Cette pensée ne fit que traverser mon esprit. Quelques
minutes plus tard, je descendais des remparts. Et je ne me
serais sans doute jamais rappelé cet après-midi-là si, trois ans
plus tard, lors d'une promenade à bicyclette où j'avais poussé
jusqu'à l'extrême périphérie de la ville, je n'avais remarqué,
35 dans un pré, un homme immobile qui semblait me fixer d'un
regard intense : semblable en tous points à celui que j'avais
vu du haut des remparts, la même silhouette, la même impression de calme, le même bâton frêle. Une coïncidence comme
il y en a d'autres, pouvait-on penser. Trois ans après, comment
40 aurais-je pu avoir un souvenir précis ? Et combien pouvait-il y
avoir d'hommes, dans les parages, habillés à peu près de cette
manière, ayant la même corpulence et tenant une canne à la
main ? Pourtant j'eus immédiatement la certitude qu'il s'agissait du même homme et, faisant confiance à ma bicyclette
45 qui me permettrait de m'enfuir rapidement si les choses
tournaient mal, je m'approchai pour mieux le voir. Mais, soit
que je n'eusse pas pris le bon chemin, soit qu'il se fût éloigné
dans ce bref intervalle, soit que je me fusse trompé... dans le
pré, je trouvai non pas un mais bien cinq individus ; pas un
50 seul ne me regarda, pas un seul ne ressemblait à l'homme que
je recherchais.

Cette rencontre avait toutefois éveillé en moi d'obscures appréhensions. Je me demandai si ne commençait pas pour moi une de ces aventures extraordinaires, une de ces aventu-
55 res magiques dont mes livres étaient remplis. De temps en temps, en effet, le sort réquisitionne un homme pour qu'il y prenne part ; mais c'est de plus en plus rare, malheureusement, à mesure que passent les années.

Mais il n'y eut pas d'aventure. Je continuai à mener ma vie
60 comme à l'habitude et finis par ne plus penser à cet homme immobile dans le pré. J'étais grand maintenant, et il me semblait que tout cela n'était que de stupides inventions de gamin.

Cela dura une dizaine d'années. Jusqu'au jour où il me
65 fut donné de me rendre pour quelques jours dans une ville étrangère. Là, alors qu'en voiture je parcourais une rue à la périphérie, je découvris un soir, dans un pré calme et tranquille, au-delà des dernières maisons de la ville, un homme qui me regardait et me faisait signe de son bâton.

70 Mais il est inutile de me demander comment je sus que c'était moi qu'il regardait et pas quelqu'un d'autre – il passait là tant de gens, tant d'automobiles –, et comment je sus qu'il s'agissait du même homme qu'en ce jour lointain, et que cet homme s'était déplacé à travers le monde exprès pour moi,
75 pour m'attendre aux portes de la ville, messager d'un royaume inconnu. C'était lui, j'en avais la certitude.

À compter de ce jour, je le revis très souvent. Quelle que fût la ville dans laquelle je me rendais, dès que je sortais de mon logement, ou que je montais en haut d'un clocher d'où la
80 vue s'étendait, je le voyais. Pendant un certain temps, quand je pensais à cela, j'éprouvais de la peur : cet homme, donc, me suivait, il m'assiégeait ; à la nuit tombée, il allait peut-être passer les portes de la ville, parcourir les rues désertes, arriver jusqu'à mon habitation, me surprendre dans mon sommeil,

85 pour parvenir à ses fins cachées. Comment me défendre ? Les
rares fois où, prenant mon courage à deux mains, je m'appro-
chais de lui pour l'affronter, il se produisait toujours quelque
chose qui empêchait cette rencontre. Ou bien il disparaissait à
l'improviste, ou bien d'autres personnes arrivaient et créaient
90 une certaine confusion, ou bien je me perdais.

Que me voulait-il ? Sûrement – c'est ce que je me disais –,
si j'étais parvenu à le rejoindre, je me serais aperçu qu'il s'agissait seulement d'un quelconque vagabond, qui se trouvait là
par hasard, avait un prénom et un nom, et se serait étonné de
95 ma curiosité. Mais même un tel scénario n'aurait pas suffi à
me tranquilliser. J'évitais donc la périphérie, pour m'épargner
la rencontre de cette apparition menaçante. S'il ne me voyait
plus – pensais-je également – qui sait s'il ne se lasserait pas,
s'il ne partirait pas loin d'ici. Cette persécution pouvait-elle
100 durer toute une vie ?

Et maintenant, bien du temps a passé, je suis désormais
un homme âgé et lui, il est toujours là-bas, hors les murs,
quelle que soit la ville où j'habite. Tout récemment encore, je
l'ai aperçu plus d'une fois, fugitivement ; bien que je fusse au
105 milieu de la foule compacte du tramway, ou caché derrière un
rideau, ou protégé par l'obscurité, il m'adressait des regards
fixes et impassibles, à moi, et à personne d'autre.

On pourrait me faire une objection : quand je suis à la
campagne ou en mer, à quel endroit m'attend-il ? C'est un
110 obstacle négligeable : si je séjourne à la campagne, il vient
s'établir dans les parages, mais toujours assez loin cependant
et, lui qui aime les prés, il n'a que l'embarras du choix ; si je
navigue en mer, il sait toujours quel sera mon prochain port
d'escale, et quand nous approchons de la côte, je peux être
115 sûr qu'il est déjà sur place et fait tranquillement des allers-
retours le long de la rive.

Tout cela, je le sais parfaitement, mais aujourd'hui je n'éprouve plus d'appréhension. C'est fini. Je n'ai plus peur de lui. Bien sûr, j'ignore ce qu'il me veut, pourquoi il se donne
120 tant de mal pour me suivre et, pour finir, de quel monde il est venu (car ce n'est certainement pas une créature de cette terre). Ces derniers temps, en effet, j'ai réussi, je ne dirai pas à comprendre – car cette histoire-là est toujours enveloppée d'un halo de mystère – mais à me faire quelque idée de ses
125 intentions réelles. Je suis persuadé, en effet, que l'inconnu ne cherche pas à me nuire, ne veut pas me persécuter, n'a pas non plus l'intention de m'agresser la nuit, pendant que je dors. Il se contente d'attendre. De ville en ville il me suit, restant un peu à l'écart, ne craignant pas de s'exposer aux vents et à la
130 pluie du moment qu'il ne me dérange pas, soutenu par la certitude qu'un jour ou l'autre il faudra bien que je m'arrête. Même dans de très nombreuses années – et je ne sais pas si c'est ce qu'il doit espérer ou pas – je ferai mon entrée dans une ville, ou dans un pays, pour la dernière fois; je veux dire
135 par là que cette ville marquera la fin de mon voyage et que jamais plus je ne pourrai en partir (au sens que l'on donne habituellement à ce terme). Ce n'est qu'à ce moment-là qu'il se décidera. Ce n'est qu'à ce moment-là qu'il passera la frontière des remparts, s'avancera d'un pas tranquille le long des rues,
140 jusqu'à ma maison, et là, frappera à la porte de son bâton.

Je ne le crains plus. Mieux encore, à mesure que passent les jours, j'éprouve pour lui une espèce de gratitude. Parce que les années se consument, mon visage vieillit, la maison où j'habitais enfant a disparu, un à un s'en vont les amis avec
145 qui je pouvais évoquer les beaux jours d'autrefois, à chaque printemps nouveau je me retrouve un peu plus seul, avec toujours un peu moins de gens autour de moi qui me veulent du bien, toujours moins d'espérances. Mais lui m'attend, patiemment. Petit à petit, autour de moi, s'installera la désolation la

150 plus totale et assurément, pour m'être encore fidèle, il n'y aura plus que lui, immobile dans le pré du faubourg, appuyé sur son bâton. Lui seul, après tout, ne me fera pas défaut, lui seul sera près de moi à l'heure la plus difficile de ma vie. Pourquoi, alors, devrais-je le haïr ? Pourquoi devrais-je souhaiter qu'il
155 s'en aille ?

Quel changement depuis le jour où j'escaladai les remparts ! Me croiriez-vous si je vous disais que parfois j'ai presque hâte de le voir venir, coûte que coûte, que je suis impatient de découvrir enfin son visage, de savoir ce que sera le message
160 qu'il sortira d'une des poches de son costume gris et me tendra avec un sourire ?

Trad. Delphine Gachet, *Nouvelles oubliées*.

DOSSIER

Avez-vous bien lu ?

Répondez aux questions suivantes :

1. La présentation

A. Quelle est la nationalité de Dino Buzzati ?

B. Quelle profession a-t-il exercée toute sa vie ?

C. Quels arts a-t-il pratiqués ?

D. Comment s'intitule son roman le plus célèbre ?

E. Dans quel registre littéraire Dino Buzzati s'est-il particulièrement illustré ?

F. Qu'est-ce qu'un apologue ?

2. Les nouvelles

A. « Le Monstre »

1. Au début du récit, quel événement provoque la peur de l'héroïne ?

2. Que décide-t-elle de faire une fois la nuit venue ? Que constate-t-elle alors ?

B. « L'Influence des astres »

1. Quelle est la spécialité de la ville de Masta, où se déroule l'histoire ?

2. Quel rôle occupe le journal dans la nouvelle ?

C. « Lettre ennuyeuse »

1. Que révèle la narratrice dans la lettre qu'elle écrit à son amie ?

2. Comment expliquez-vous le titre de la nouvelle ?

D. « Alias rue Sésostris »

1. De quel personnage le narrateur relate-t-il l'enterrement au début du récit ?

2. Quel est le point commun entre tous les personnages de cette nouvelle ?

E. « Chez le médecin »

    1. Que révèle le médecin à son patient ?

    2. Quel est le sens de ce diagnostic ?

F. « Quand descend l'ombre »

    1. Qui Sisto Tarra découvre-t-il dans le grenier de sa maison ?

    2. Pourquoi est-il déçu par leur conversation ?

G. « Une lettre d'amour »

    1. Quel est le projet du personnage principal au début de la nouvelle ?

    2. Parvient-il à le mener à bien ? Pourquoi ?

H. « Escorte personnelle »

    1. Quel phénomène étrange relate le narrateur ?

    2. Pourquoi cette nouvelle reste-t-elle mystérieuse ?

Microlectures

Microlecture n° 1 : « Alias rue Sésostris »

« Alias rue Sésostris » est une nouvelle aux multiples rebondissements, qui nous invite à nous méfier des apparences… et du narrateur ! Comme les deux personnages principaux – le narrateur et son ami le commissaire de police – qui, au fil du récit, se révèlent de fins limiers[1], le lecteur, arrivé à la fin du texte, est incité à conduire une enquête en parcourant une seconde fois le récit pour relever les indices qui, dès la première lecture, auraient pu le mettre sur la bonne piste. Il s'agit d'une des rares nouvelles de Dino Buzzati à être explicitement située dans un contexte historique précis, l'Italie de la seconde moitié du XXe siècle, marquée par le fascisme et la Seconde Guerre mondiale. Par le biais d'un récit apparemment léger et drôle, l'auteur, en réalité, nous présente un monde inquiétant.

---

1. *Limiers* : enquêteurs.

I. Une nouvelle à chute(s)

1. Le récit de l'enterrement du propriétaire de l'immeuble de la rue Sésostris est marqué par une révélation : laquelle ?

2. La seconde partie de la nouvelle est constituée par la conversation entre le narrateur et le commissaire de police. Quelles révélations cette conversation contient-elle :
– sur les locataires de l'immeuble ?
– sur le narrateur ?
– sur le commissaire de police ?

3. Relisez la nouvelle : quels indices annoncent les révélations successives ? Comment l'effet de surprise est-il entretenu ?

II. La satire sociale

1. Comment l'image du narrateur change-t-elle entre le début et la fin du récit ?

2. À travers les personnages qu'il met en scène, quelle vision de l'homme propose le récit ?

3. Pourquoi peut-on parler de registre satirique à propos de cette nouvelle ?

D'une nouvelle à l'autre : parmi toutes les nouvelles du recueil, quelle est celle qui vous a semblé la plus surprenante ? Pourquoi ?

Microlecture n° 2 : « Le Monstre »

Selon le critique littéraire Tzvetan Todorov, le fantastique réside dans « l'hésitation éprouvée par un être qui ne connaît que les lois naturelles, face à un événement en apparence surnaturel » : confronté à ce phénomène étrange, l'individu hésite sur l'explication à lui donner. Doit-il choisir une interprétation rationnelle ou irrationnelle ? Le fantastique dure « le temps de cette incertitude ».

Si l'on s'en tient à cette définition, la nouvelle « Le Monstre » relève du fantastique dont elle remplit les exigences. Au-delà de la démonstration d'une parfaite maîtrise du genre, ce récit est aussi l'occasion pour Dino Buzzati d'analyser avec finesse le mécanisme de la peur et ses ressorts psychologiques.

I. Une nouvelle fantastique : qu'a vu Ghitta Freilaber ?

1. S'il n'y a pas de monstre, qu'a réellement vu Ghitta Freilaber ? Qu'est-ce qui explique sa méprise ? Par quels éléments cette thèse est-elle accréditée ?

2. Tout au long du récit, quels indices conduisent l'héroïne et le lecteur à penser qu'il y a bel et bien un monstre caché dans le cagibi ?

3. Relisez précisément l'*incipit* (la première phrase du récit) : comment le narrateur prépare-t-il habilement les deux interprétations possibles du récit ?

II. L'analyse psychologique : pourquoi l'héroïne a-t-elle peur ?

1. Distinguez les différentes séquences narratives du récit et repérez la façon dont évolue l'intensité de la peur de l'héroïne au cours de chacune d'elles. Comment le récit chronologique fait-il apparaître le mécanisme de la peur ?

Séquences narratives	Intensité de la peur
Séquence 1 : première journée	
Séquence 2 : la nuit	
Séquence 3 : le lendemain	
Séquence 4 : quinze jours plus tard	

2. Au cours de la nouvelle, quelles raisons psychologiques le narrateur suggère-t-il pour expliquer la peur de l'héroïne ?

3. Quel point de vue adopte le narrateur de la nouvelle ? Quel est l'intérêt de ce choix ?

D'une nouvelle à l'autre : selon vous, quelles autres nouvelles du recueil relèvent du registre fantastique ?

Microlecture n° 3 : « Quand descend l'ombre »

Un homme seul dans une maison, un bruit dans le grenier, un étrange personnage qui pourrait bien être le double du héros... « Quand descend l'ombre » possède tous les ressorts classiques du texte fantastique. Mais le lecteur est rapidement engagé à faire une lecture symbolique du récit de cette drôle de rencontre. En apparence très simple, cette nouvelle propose en réalité un questionnement sur le sens de la vie.

I. Un apologue sur le sens de la vie

1. Qui sont les personnages de la nouvelle ? À partir de quel moment le lecteur est-il engagé à faire une lecture symbolique de leur rencontre ? Pourquoi ?

2. En quoi l'adulte et l'enfant s'opposent-ils ? Comment évoluent les personnages au cours de la nouvelle ?

3. Quelle est la dimension symbolique du traitement du temps dans cette nouvelle ? Comment en comprenez-vous le titre ?

4. Où se déroule la rencontre de l'adulte et de l'enfant ? Quelle portée symbolique peut-on, selon vous, accorder à ce lieu ?

5. Quelle morale le lecteur est-il invité à dégager de la lecture de ce récit ?

II. Une simplicité travaillée

1. En quoi la construction du récit donne-t-elle à la nouvelle une apparence de simplicité ?

2. Observez le dialogue entre l'adulte et l'enfant : où réside l'effet de simplicité ?

3. Comparez le premier et le dernier paragraphes : en quoi se répondent-ils ?

D'une nouvelle à l'autre : **quelles autres nouvelles du recueil s'apparentent à des apologues sur le sens de la vie ? Quelle morale peut-on dégager de chacune d'elles ?**

Microlecture n° 4 : « Escorte personnelle »

« Escorte personnelle » est une nouvelle caractéristique de l'univers de Dino Buzzati, mêlant des éléments récurrents de son œuvre : le motif de l'attente et la présence d'un personnage mystérieux au côté du héros du récit. Ici, la nouvelle prend la forme d'un récit très épuré qui réclame la participation du lecteur : quel est cet « homme en gris », dont le narrateur ne nous révèle jamais l'identité, mais qui marque profondément son existence ?

I. Une histoire mystérieuse

1. Que sait-on sur le lieu et le temps dans lesquels se déroule l'histoire ? Quel est l'effet produit ?

2. Qui sont les deux personnages de l'histoire ? Que connaît-on du narrateur ?

3. Comment le narrateur encourage-t-il le lecteur à s'interroger sur la nature de l'« homme en gris » ?

II. Une allégorie[1] ?

1. Comment évoluent les sentiments du narrateur à l'égard de l'« homme en gris » ?

2. D'après vous, que peut représenter ce personnage ?

3. Quelle lecture allégorique peut-on alors faire de ce récit ?

4. En quoi cette nouvelle relève-t-elle du registre tragique ?

D'une nouvelle à l'autre : plusieurs fois dans le recueil, le lecteur est encouragé à construire l'interprétation symbolique d'un récit qui ne dévoile pas tout son sens. Selon vous, quel est l'intérêt de ce procédé ?

De la lecture à l'écriture

Changer de point de vue

Récrivez la séquence finale de la nouvelle « Le Monstre » (de « Jusqu'au moment où – une quinzaine de jours plus tard » jusqu'à la fin, p. 43 à 45, l. 390 à 433), en substituant le point de vue de la concierge à celui de l'héroïne.

---

1. *Allégorie* : narration métaphorique.

Récrire une nouvelle

Imaginez une nouvelle qui reprend le schéma de «Quand descend l'ombre», mais en inversant le propos : un homme, qui a l'impression d'avoir raté sa vie, découvre dans son grenier le petit garçon qu'il a été. Rédigez le premier et le dernier paragraphes de cette nouvelle.

Développer un récit

Lisez cette nouvelle de Buzzati dont on a retranché les trois derniers paragraphes puis répondez aux questions qui suivent.

Crescendo

Mlle Annie Motleri entendit frapper à la porte et alla ouvrir. C'était son vieil ami, maître Alberto Fassi, le notaire. Elle remarqua que son pardessus était tout mouillé, signe que dehors il pleuvait. Elle dit : «Ah, quel plaisir, cher maître Fassi. Entrez, je vous prie.» Il entra en souriant et lui tendit la main.

Mlle Motleri entendit des coups à la porte. Elle eut un tressaillement et alla ouvrir. C'était maître Fassi, le notaire, son vieil ami, et il portait un pardessus noir d'où la pluie s'égouttait encore. Elle lui dit en souriant : «Ah, quel plaisir, cher maître Fassi, entrez, je vous prie.» Fassi entra à pas lourds et lui tendit la main.

Mlle Annie eut un sursaut quand elle entendit que quelqu'un frappait à la porte. Elle bondit du petit fauteuil où elle était en train de broder et courut ouvrir. Elle vit le vieux notaire Fassi, ami de la famille, qui depuis plusieurs mois n'avait pas donné signe de vie. Il semblait alourdi et bien plus corpulent que dans son souvenir. D'autant plus qu'il portait un imperméable noir trop large, qui tombait en gros plis, brillant de pluie, ruisselant de pluie. Annie s'efforça de sourire et dit : «Ah, quelle belle surprise, cher maître Fassi.» Sur quoi l'homme entra d'un pas pesant et pour lui dire bonjour lui tendit sa main massive.

Désormais fanée, Mlle Motleri, qui brodait dans le salon éclairé par la lumière livide d'une fin d'après-midi pluvieuse, était en train de rajuster une mèche de cheveux gris qui avait glissé sur son front, quand elle entendit des coups violents à la porte. Elle eut une violente secousse nerveuse dans son fauteuil, elle se leva brusquement et se précipita pour ouvrir la porte. Elle se trouva nez à nez avec un homme massif qui portait un imperméable de caoutchouc noir, à écailles, dur et visqueux, d'où l'eau tombait en cascades. Sur le moment elle crut reconnaître le vieux notaire, maître Fassi, l'ami des anciens temps, et forçant un sourire sur ses lèvres elle dit : «Oh, quelle belle surprise. Mais entrez, je vous en prie, venez.» Sur quoi le visiteur avança dans l'antichambre avec un fracas de pas comme s'il avait été un géant et pour lui dire bonjour il lui tendit sa grosse main musclée.

Dans la torpeur postméridienne[1] de son chez-elle, les coups répétés à la porte secouèrent violemment Mlle Motleri, qui était plongée dans une broderie savante. Malgré elle, elle fit un bond dans son fauteuil, laissa échapper la nappe qu'elle brodait, qui s'affaissa sur le sol, tandis qu'anxieusement elle se hâtait vers la porte. Quand elle eut ouvert, elle se trouva nez a nez avec une silhouette noire, massive et brillante, qui la regardait fixement. Sur quoi elle dit : «Mais vous... mais vous...» Et recula, tandis que le visiteur entrait dans la petite antichambre, et ses pas pesants résonnaient d'une manière incompréhensible dans le grand immeuble.

Elle fut très rapide, Annie Motleri, à atteindre la porte, des mèches désordonnées de cheveux gris lui pleuvant sur le front, au moment où se fit entendre l'écho des coups répétés de quelqu'un qui voulait entrer. D'une main tremblante elle tourna la clé, puis abaissa la poignée, ouvrant la porte. Sur le palier se tenait une forme vivante, massive et puissante, de couleur noire, toute à écailles, avec deux petits yeux pénétrants et des espèces d'antennes visqueuses qui se tendaient vers elle en tâtonnant. Sur quoi elle gémit : «Non, non, je vous en prie...» Et se retirait épouvantée, tandis que l'autre avançait d'un pas de plomb, et toute la maison en résonnait.

---

1. *Postméridienne* : qui suit la sieste de l'après-midi.

Alors que Mlle Motleri, appelée par des coups insistants à la porte, courut ouvrir, elle se trouva nez à nez avec un être noir recouvert d'une cuirasse luisante et noire, qui la fixait en tendant vers elle deux pattes noires qui finissaient chacune par cinq griffes blanchâtres. Annie, d'instinct, battit en retraite, mais elle tenta de refermer le battant et gémit : «Non, non! Pour l'amour de Dieu...» Mais l'autre, appuyant de tout son énorme poids sur le battant, l'écarta toujours davantage, et finit par s'ouvrir un passage et par entrer, et le parquet craquait sous sa masse gigantesque. «Annie..., mugissait l'intrus, Annie... uh, uh...» Et vers elle il tendait ses horribles griffes blanches.

Elle n'eut pas la force d'appeler au secours, Mlle Annie Motleri, quand, appelée par des coups énergiques à l'entrée, qui aussitôt l'avaient mise dans un état d'orgasme[1] inexprimable, elle se précipita pour ouvrir et vit un coléoptère ténébreux immonde mastodontique[2], un scarabée, une araignée, une créature faite de plaques luisantes articulées qui formaient un monstre puissant, lequel la fixait avec deux minuscules yeux phosphorescents (où étaient renfermées toutes les profondeurs fatales de notre vie misérable) ; la créature tendait vers elle des dizaines et des dizaines d'antennes rigides qui se terminaient en crochets sanguinolents. «Non, non, maître Fassi...», supplia-t-elle, reculant, et elle ne put en dire davantage. Alors la bête la saisit avec ses horribles griffes.

«Crescendo», *Les Nuits difficiles*, *Le Notti difficile*, © Arnoldo Mondadori, 1971 ; trad. Michel Sager, © Robert Laffont, 1972.

1. Comment cette nouvelle est-elle construite ?
2. Quelle évolution constatez-vous d'un paragraphe à l'autre ? Comment qualifieriez-vous l'impression qui se dégage du récit ?
3. Pouvez-vous imaginer la suite du récit ? Ajoutez deux autres paragraphes à ce texte ; ils seront les derniers de la nouvelle.

---

1. *Orgasme* : ici, irritation, hystérie.
2. *Mastodontique* : gigantesque, colossal.

Écrire une nouvelle à partir d'un *incipit*

Dès l'*incipit* de ses nouvelles, Dino Buzzati plonge le lecteur dans un univers à la fois familier et surprenant. Il y distille souvent des détails qui, passant inaperçus à la première lecture, se révèlent essentiels pour la suite du récit.

Choisissez un des *incipit* suivants[1], qui appartiennent tous à des nouvelles de Buzzati, et inventez la suite de l'histoire qu'ils initient...

1. «Dans sa maison à l'écart de la ville, le substitut du procureur de la République, Giovanni Auer, travaillait un soir au réquisitoire du procès Oleatri, se demandant s'il allait ou non requérir la peine de mort, lorsqu'il entendit des bruits de son salon attenant, vide à cette heure-ci.»

2. «Alors qu'il filait à toute allure dans sa voiture pour la rejoindre, sur la route tortueuse qui longe le littoral, Antonio Izorni entendit derrière lui un long grincement sinistre.»

3. «Un homme qui allait sur ses trente-cinq ans, nommé Stefano Consoni, vêtu avec une certaine recherche et portant dans la main droite un petit paquet tout blanc, alors qu'il passait aux environs de dix heures du soir, le 16 janvier, par la via[2] Fiorenzuola, à cette heure déserte, entendit soudain à ses oreilles tinter une espèce de bourdonnement de grosses mouches.»

4. «Couché dans son lit, Adolfo Le Ritto, peintre décorateur de cinquante-deux ans, entendit la clef tourner dans la serrure de la porte.»

5. «Par un après-midi de juillet, le professeur Ernesto Manarini (il enseignait la physique au lycée), se trouvant en vacances avec sa femme et ses deux filles dans sa maison de campagne de Val Caleja, fit une découverte sensationnelle.»

---

1. Les *incipit* sont extraits des nouvelles suivantes : «La Croissance des hérissons», «Le Bruit», «Quelques utiles indications à l'intention de deux authentiques gentilshommes dont un décédé de morts violentes», «L'Enchantement de la nature», «L'Invincible», «La Peste automobilistique», «Il était arrivé quelque chose», «Triomphe», «Sic transit», «Les Souris».
2. *Via* : rue, en italien.

6. «Quand il sortit de chez lui, à trois heures et demie, le ministre des Finances, l'honorable Claudio Ricci, ne trouva pas devant sa porte l'auto qui venait toujours le chercher.»

7. «Mort par embolie, ou mort de faim, ou bien suicide par barbiturique : de quoi est mort Stefano Giri, soixante-sept ans, ancien opticien, demeurant au 7 de la rue Merulana, à l'entresol?»

8. «Un beau matin de septembre – je me trouvai là par hasard –, une curieuse auto grise fit son entrée au garage Iride, rue Mendoza.»

9. «Le train n'avait encore parcouru que quelques kilomètres (et la route était longue, nous ne nous arrêterions pas avant le lointain terminus, courant ainsi pendant dix heures de file) quand, à un passage à niveau, j'aperçus de la fenêtre une jeune femme.»

10. «Qu'est-il advenu de mes amis Corio?»

Le «laboratoire secret» de Dino Buzzati

En 1971, Yves Panafieu, jeune universitaire français passionné par l'œuvre de Dino Buzzati, se rend à Milan, où l'écrivain italien lui accorde de longs entretiens. Yves Panafieu interroge Buzzati sur le sens de ses récits, mais aussi sur la manière dont il travaille et sur le métier d'écrivain. Bien qu'interrompue par la mort de l'écrivain – qui se sait déjà malade au moment où il accepte de témoigner sur son œuvre –, la série d'interviews constitue un témoignage passionnant sur la façon dont travaillait Buzzati, et nous fait entrer dans ce qu'Yves Panafieu appelle son «laboratoire secret».

Peut-on apprendre à écrire?

Yves Panafieu : Si un jeune écrivain, qui vient juste de débuter, venait te demander : «Vous, qui avez une belle expérience, soit comme romancier et comme nouvelliste, soit comme journaliste, quel type de conseil ou, du moins, de suggestions, voudriez-vous donner à un jeune auteur désireux d'écrire un roman », que répondrais-tu ?

Dino Buzzati : Je lui dirais : d'abord, souviens-toi que tu ne seras jamais assez simple. Ça, c'est une chose fondamentale. Même s'il y a eu de grands écrivains qui n'étaient pas simples, comme Joseph Conrad[1], dont la force résidait précisément dans un fatras d'images, de mots, de vagues et de vagues, de reflux qui venaient se télescoper. Ou comme Faulkner[2] ou Henry James[3]. Puis, je lui dirais : si tu le peux, raconte des choses qui me fassent pleurer. Après quoi, suis tranquillement ton chemin. Mais fais aussi en sorte que, dès la deuxième page, on ait envie de poursuivre. Quoi qu'il puisse y avoir dans les premières pages. Même une description. […]

Y. P. : De toute façon, tu penses que le journalisme peut être une excellente école ?

D. B. : Certes. Qu'il soit bien clair que je ne méprise nullement le journalisme, même si j'ai exprimé quelques réserves sur la manière dont on le pratique ici en Italie. […] Je mets sur le même plan journalisme et littérature narrative parce qu'ils sont une seule et même chose. Et je pense effectivement que, du point de vue de la technique littéraire, le journalisme est une école exemplaire. Si tu me dis que l'on conçoit et que l'on écrit un chef-d'œuvre sans penser au public, je suis d'accord avec toi. Mais n'oublie pas que le journalisme enseigne jour après jour le respect du lecteur, au point que cela entre dans le sang. Et un livre écrit par un bon journaliste n'est pas ennuyeux. Or, comme disait Voltaire, si je ne fais pas erreur, tous les genres sont admissibles en littérature, excepté le genre ennuyeux. Moi, je parie qu'un bon nombre de mes illustres collègues écriraient des livres beaucoup plus lisibles que ceux qu'ils écrivent s'ils avaient vraiment fait un apprentissage journalistique. Mais pas seulement trois mois,

---

1. *Joseph Conrad* (1857-1924) : romancier britannique. Il a écrit notamment le roman *Lord Jim* (1900) et le recueil de nouvelles « Au cœur des ténèbres » (1889).
2. *William Faulkner* (1897-1962) : romancier américain, célèbre pour son roman *Le Bruit et la Fureur* (1929).
3. *Henry James* (1843-1915) : romancier anglais d'origine américaine. Il écrivit de nombreux romans et nouvelles, comme « Le Tour d'écrou ».

des années et des années, comme moi. Car la tare[1] de la littérature narrative moderne, la tare principale, c'est cet ennui terrible ; à cause de lui on n'arrive pas à poursuivre la lecture de livres qui peuvent être extrêmement intelligents… Et cela arrive parce que ces livres sont écrits par des gens qui ne connaissent pas ce qu'est le métier de l'écrivain : il coïncide exactement avec le métier du journaliste, et consiste à raconter des choses aussi simplement que possible, avec autant d'évidence que possible, et aussi dramatiquement ou poétiquement que possible.

Questions :
1. D'après Buzzati, quels sont les critères fondamentaux d'un bon récit ? Partagez-vous son avis ?
2. Selon lui, pourquoi le journalisme constitue-t-il une « bonne école » pour l'écrivain ?

Comment écrire un récit fantastique ?

Y. P. : […] il t'est arrivé, parfois, d'appliquer une technique journalistique à une trame fantastique afin de lui donner une plus grande efficacité. Je voudrais que tu m'expliques mieux cette exigence de vraisemblance à l'égard du fantastique.

D. B. : C'est effectivement la vieille règle. Moi, lorsque je raconte une chose à caractère fantastique, je dois chercher au maximum à la rendre plausible et évidente. Et quand je dis « moi », en réalité j'implique n'importe quel autre écrivain de type fantastique. C'est pour cela qu'à mon avis la chose fantastique doit être vraiment rendue aussi proche que possible de la chronique[2]. Le mot juste n'est pas « banaliser », mais, en somme, c'est un peu cela. Ce que je veux dire, c'est que, pour qu'une histoire fantastique soit efficace, il faut qu'elle soit racontée avec les mots les plus simples et pratiques. Je dirais presque *bureaucratiques*. Voici pourquoi, pour raconter une nouvelle telle que le « Voyage aux enfers du siècle[3] », il était préférable d'adopter la

---

1. *La tare* : le défaut.
2. *Chronique* : voir note 1, p. 65.
3. « Voyage aux enfers du siècle » est une nouvelle du recueil *Le K.*

formule du reportage dont le directeur du journal m'aurait chargé. Cela se rapprochait davantage de la plus grande vraisemblance. Regarde Dante[1] : quand il est allé dans l'Enfer, il n'a pas du tout rencontré des âmes abstraitement inventées, il a rencontré son voisin, le gars Durand ou le gars Dupont, tous gens qui faisaient partie de sa vie ; il a présenté le fruit de sa folle imagination sous l'aspect d'une chronique. Je suis convaincu, car cela est manifeste, que la spécification[2] du milieu ambiant sert à l'évidence. Et en effet, même dans les récits fantastiques, j'ai essayé – à l'intérieur de certaines limites – d'être aussi précis que possible. Et il se peut que j'aie parfois péché, justement, en ne situant pas certains récits fantastiques en un lieu existant bien précis ; sur la place de Cortina d'Ampezzo[3], par exemple… Il est possible que je me sois trompé. Mais j'ai utilisé ce système dans un certain nombre de récits. […]

Y. P. : Une des caractéristiques majeures de ta forme de fantastique est le fait d'éviter une entière gratuité au profit d'une signification ultérieure, de valeur souvent morale. À ton avis, qu'est-ce que la représentation fantastique peut apporter de positif à l'illustration symbolique ?

D. B. : Le fait d'intensifier, de rendre plus forte l'expression de certaines idées.

Questions :
1. Selon Buzzati, en quoi consiste la règle de l'écriture fantastique ?
2. Quelles nouvelles du recueil vous semblent les plus aptes à illustrer la manière dont Buzzati l'applique ?
3. Buzzati affirme que la représentation fantastique peut rendre plus forte l'expression des idées : partagez-vous son avis à l'issue de votre lecture du recueil ?

---

1. *Dante* (1265-1321) : poète italien qui, dans *La Divine Comédie*, décrit sa descente dans l'Enfer.
2. *Spécification* : précision, définition.
3. *Cortina d'Ampezzo* : commune italienne située au cœur des Dolomites, en Vénétie.

Comment interpréter les nouvelles de Buzzati ?

Y. P. : Je voudrais revenir à [...] ce que pour ma part j'appellerais volontiers « un certain manque d'autoconscience dans l'acte de la création » [...].

D. B. : On écrit un récit parce qu'il semble qu'on écrive une belle chose, qui a un sens humain et poétique, et il en sort quelque chose de différent... Il arrive parfois que l'on pense raconter une randonnée dans la campagne, et qu'ensuite, en lisant son texte, on se mette à dire : « Eh, mon Dieu ! Cette randonnée dans la campagne, c'est autre chose qu'une randonnée dans la campagne ! C'est la vie entière de l'homme ! » Et le véritable phénomène de l'art réside en cela, précisément... Chez l'artiste, la conscience est toujours relative. Dans la plupart des cas, cette super-signification reste cachée pour lui. [...] C'est aussi pour cela que quand il s'agit d'interpréter ou de juger ce que j'ai fait, moi, sincèrement, je me retire... Je ne suis pas concerné. Quand j'ai fini, quand j'ai donné quelque chose à l'éditeur, j'estime que je dois renoncer à parler. [...] Cette conviction que j'ai est profondément enracinée en moi. L'auteur n'a pas le droit d'interpréter ses productions, parce qu'il doit faire une chose, et qu'il en fait toujours une autre. Et il en est ainsi de toutes les œuvres d'art. La chose, selon les cas, différera de peu, ou bien de beaucoup, mais de toute façon elle sera toujours différente. Dans le domaine de l'art, ce n'est pas comme dans le domaine de la loi, où l'interprétation authentique – ou soi-disant – est donnée par le législateur lui-même, qui dit comment on doit interpréter une norme, si celle-ci n'est pas totalement claire. En littérature, en poésie, il n'en est pas ainsi. Il faut seulement considérer ce qu'est la page, lorsqu'elle est écrite. Ça, c'est la chose fondamentale.

Questions :

1. Selon Buzzati, pourquoi l'écrivain n'est-t-il pas le mieux placé pour interpréter son œuvre ?

2. Quelle différence Buzzati souligne-t-il entre l'interprétation d'un texte de loi et l'interprétation d'un texte littéraire ? À la lecture du recueil, cette distinction vous semble-t-elle pertinente ?

Qu'est-ce que la littérature ?

Y. P. : Tu as déjà parlé de talent à diverses reprises. Qu'entends-tu par là ?

D.B. : Les dons. L'intelligence artistique. L'intelligence littéraire.

Y. P. : Et qu'entends-tu par intelligence, dans ce cas ?

D.B. : L'aptitude à écrire une chose belle.

Y. P. : Et, par chose belle ?

D.B. : Nous voici dans la haute philosophie littéraire !… Je me le suis demandé si souvent !… Par chose belle, je veux dire : une chose artistique. Et par chose artistique, je veux dire : une chose qui sert à améliorer ma vie…

Y. P. : En quel sens la chose artistique te sert-elle à améliorer ta vie ?

D.B. : Elle me réjouit… Non. Le mot n'est pas exact. Elle me fait vivre dans un univers où je me trouve bien. Le maximum, pour moi, c'est la littérature qui, noblement – pas avec de petits trucs ridicules –, me conduit jusqu'à l'émotion. Les écrivains que pour ma part je vénère par-dessus tout sont ceux qui m'ont ému. Le but principal de la littérature narrative, c'est de procurer de la joie au lecteur.

Y. P. : D'où la conception d'une littérature multiforme, chaque lecteur ayant une façon bien personnelle de trouver son plaisir et sa joie ?

D. B. : En effet. Oui. Je le reconnais. Mais comme principe général, cependant, elle doit selon moi divertir et, si possible, émouvoir. Divertir au sens classique, au sens étymologique, qui est celui du latin *divertere*, qui signifie «transporter hors de», «distraire», faire en sorte que l'homme, lorsqu'il lit, oublie ses préoccupations, les soucis de l'existence, et soit transporté dans un univers fantastique, ou du moins, dans un univers différent du sien. Et, dans la meilleure des hypothèses, cette chose l'émeut profondément, et parvient à le transférer dans le monde qu'a représenté l'écrivain. Moi, cette sensation, je l'ai éprouvée au plus haut point, naturellement, lorsque j'étais enfant. À la maison traînait un livre – dans une de ces éditions françaises, jaunes, dont je ne me rappelle plus le nom, mais qui de toute façon datait du début du siècle – avec un titre qui m'énervait : *Crime et Châtiment*[1]. Ce n'était pas un titre attirant...» Le «crime» passe encore... Mais ensuite, ce «châtiment» était vraiment un vilain mot. Toutes les langues ont des mots heureux et malheureux. «Crime» est un beau mot, «châtiment» est un vilain mot. Pour moi. Je ne sais pas pourquoi. Et ce livre me poursuivait toujours, et m'énervait!... Un jour (c'était, je me souviens, un dimanche où je n'avais pas de devoirs à faire et où mes parents étaient sortis), je suis allé prendre ce livre presque rageusement, en me disant : «Qui sait quel navet ce peut être?»... Et je me suis mis à lire. Dieu!... En l'espace de quelques heures je suis tombé dans un gouffre qui m'a tenu prisonnier pendant une dizaine de jours. Je ne vivais plus. J'étais en permanence dans ce monde extraordinaire de Raskolnikov[2], et des autres personnages du livre. Voici, en ce qui me concerne, le plus grand exemple de la littérature. Et puis, si on me demande si la littérature doit avoir un but moral, moi, je réponds que dans un monde tel que le nôtre, plus ou moins chrétien, il est logique qu'un livre, pour être émouvant, pour atteindre le cœur – utilisons ce mot extrêmement vulgaire –, doive être moral. Mais à mon avis, il n'est pas exclu que dans le monde des diables, par exemple, il puisse y avoir un livre tout aussi beau, qui soit absolument le contraire, qui soit immoral. Par ailleurs, si l'on me demande si la littérature doit contenir un message social ou politique, etc., je dis : absolument, non. Aucune raison. [...]

Y. P. : Et la possibilité d'une littérature à valeur éducative?

D. B. : Mon Dieu!... Si, par coïncidence, il y a quelque chose d'instructif, c'est autant de gagné! Cependant il est certain que cela ne peut pas être la règle d'un bon écrivain... Mais il peut y avoir, oui, un enseignement moral... Toute la poésie, en un certain sens – c'est-à-dire la belle poésie –, par le simple fait qu'elle élève l'âme – expression très vulgaire elle aussi –, exerce une fonction morale... Si j'ôte la laideur, si je fais penser aux nuées, simplement, c'est déjà une action morale, en ce sens que c'est déjà un certain détachement... Que par ailleurs elle doive être éducative au sens d'enseigner obligatoirement

---

1. *Crime et Châtiment* : roman de l'écrivain russe Dostoïevski (1821-1881).
2. Héros de *Crime et Châtiment*

quelque chose, non. Évidemment, si demain quelqu'un écrit un roman extrêmement beau qui m'enseigne comment on cultive les pommes de terre, et est un roman extrêmement beau, alors, c'est autant de gagné. Mais il ne sera pas forcément beau parce qu'il m'a enseigné à cultiver les pommes de terre !

Dino Buzzati, *Mes déserts, entretiens avec Yves Panafieu*,
Robert Laffont, 1973 ; © Yves Panafieu.

Questions :

1. Selon Buzzati, quel effet l'œuvre littéraire doit-elle produire chez le lecteur ?

2. La valeur morale d'un récit est-elle alors primordiale ? Qu'en est-il de sa valeur éducative ?

3. Cette définition de la littérature correspond-elle à votre expérience personnelle de la lecture ?

4. Dino Buzzati raconte comment il a découvert le roman *Crime et Châtiment* et l'effet que sa lecture a produit sur lui. À votre tour, racontez la découverte d'un livre qui vous a marqué, et les souvenirs de vos impressions de lecture.

Dernières parutions

ALAIN-FOURNIER
Le Grand Meaulnes

ANOUILH
La Grotte

ASIMOV
Le Club des Veufs noirs

BALZAC
Le Père Goriot

BAUDELAIRE
Les Fleurs du mal – *Nouvelle édition*

BAUM (L. FRANK)
Le Magicien d'Oz

BEAUMARCHAIS
Le Mariage de Figaro

BELLAY (DU)
Les Regrets

BORDAGE (PIERRE)
Nouvelle vie™ et autres récits

CARRIÈRE (JEAN-CLAUDE)
La Controverse de Valladolid

CATHRINE (ARNAUD)
Les Yeux secs

CERVANTÈS
Don Quichotte

« C'EST À CE PRIX QUE VOUS MANGEZ
DU SUCRE... » Les discours sur l'esclavage
d'Aristote à Césaire

CHEDID (ANDRÉE)
Le Message
Le Sixième Jour

CHRÉTIEN DE TROYES
Lancelot ou le Chevalier de la charrette
Perceval ou le Conte du graal
Yvain ou le Chevalier au lion

CLAUDEL (PHILIPPE)
Les Confidents et autres nouvelles

COLETTE
Le Blé en herbe

COLIN (FABRICE)
Projet oXatan

CONTES DE SORCIÈRES
Anthologie

CONTES DE VAMPIRES
Anthologie

CORNEILLE
Le Cid – *Nouvelle édition*

DIDEROT
Entretien d'un père avec ses enfants

DUMAS
Pauline
Robin des bois

FENWICK (JEAN-NOËL)
Les Palmes de M. Schutz

FEYDEAU
Un fil à la patte

FEYDEAU-LABICHE
Deux courtes pièces autour du mariage

GARCIN (CHRISTIAN)
Vies volées

GRUMBERG (JEAN-CLAUDE)
L'Atelier
Zone libre

HIGGINS (COLIN)
Harold et Maude – *Adaptation de
Jean-Claude Carrière*

HOBB (ROBIN)
Retour au pays

HUGO
L'Intervention, *suivie de* La Grand'mère
Les Misérables – *Nouvelle édition*

JONQUET (THIERRY)
La Vigie

KAPUŚCIŃSKI
Autoportrait d'un reporter

KRESSMANN TAYLOR
Inconnu à cette adresse

LA FONTAINE
Fables – *lycée*
Le Corbeau et le Renard et autres fables –
collège

LAROUI (FOUAD)
L'Oued et le Consul et autres nouvelles

LEBLANC
L'Aiguille creuse

LONDON (JACK)
L'Appel de la forêt

Création maquette intérieure :
Sarbacane Design.

N° d'édition : L.01EHRN000417.N001
Dépôt légal : janvier 2014

Achevé d'imprimer en Italie
par Grafica Veneta S.p.A.